새 봄

새로운 봄에 새를 보다

일러두기

* 원고에 등장하는 새들의 종명과 환경부 지정 멸종위기종 표기는 국립생태원 홈페이지를 참고했습니다.
* 서식 환경과 도래 시기, 먹이 등 새에 대한 기본적인 정보는 여러 도감과 논문들을 보고 공부하여 저자만의 문체로 다시 풀어 정리했으며, 최대한 바르게 전달하고자 했습니다.
* 멸종위기종 서식지 보호를 위해 상세한 위치 정보는 담지 않았으나, 전개 흐름상 언급해야 하는 경우엔 해당 지명을 이야기했습니다.
* 일부 단어의 맞춤법과 띄어쓰기는 국립국어원을 따르지 않고 딱다구리, 오리과와 같이 국립생물자원관 국가생물종목록을 따랐습니다.
* 본문에 나오는 새 이름에는 색을 넣어 표시했으나 chapter 5는 가독성을 위해 넣지 않았습니다.

새 봄

이연주

새로운 봄에 새를 보다

북스토리

늘 어디든 무엇이든

함께해준 남편에게

CONTENTS

새로운 봄에
새를 보다

탐조(探鳥): 조류(鳥類)의 생태, 서식지 따위를 관찰하고 탐
색함.*

영어로는 Bird watching. 직역하자면 '새', '봄'.

'탐조'를 알게 된 것은 우연한 계기에서였다. 몇 년 전 여름
모 브랜드에서 전시 취재 의뢰가 들어와 외근을 나갔을 때였
다. 잡지를 만든다고 이야기하면 사진을 전공했냐는 질문을
받거나, 혹은 그쪽으로 공부를 하지 않았더라도 장비병 말기
캐릭터로 본다거나, 그도 아니면 안경을 고쳐 쓰며 날카로운

● 국립국어원 표준국어대사전

시선으로 촬영을 다니는 기자나 야근에 찌든 에디터의 모습을 떠올리기 십상이지만 내가 일했던 직무는 조금 다르다.

무언가를 찍고, 그것을 바탕으로 결과물을 만드는 것이 좋았던 나는 콘텐츠 마케터로 입사했고, 온라인 구독 서비스를 관리하면서 지면에 실린 기사를 SNS상에서 돋보이게 할 이미지나 영상 자료를 만들었다. 기자와 에디터가 합심해 만든 종이 매거진이 월말에 발행되면, 마케터는 이 상품이 더욱 반짝일 수 있게 포장하는 역할을 해야 하기 때문에 구글 애즈와 같은 광고 플랜을 세우고 장기간 집행하기도 한다. 입사 전부터 사진과 영상 작업을 취미 이상으로 오래 해왔지만, 그렇다고 사무실 제습함에서 고이 휴식을 취하고 계신 카메라를 들쳐 업고 당장 현장으로 나갈 일이 내겐 만무하다는 것이다.

그런데 취재 담당도 아닌 내가 전시 취재를 가게 됐다. 마감을 코앞에 두고 그제도 어제도 퇴근을 하지 못한 편집부 막내 기자가 키보드와의 싸움에서 끝내 항복을 선언한 걸 보니 내심 측은해 보이기도 했고, 어차피 그에게 자료를 요청해 곧 발행할 홍보용 카드 뉴스를 제작해야 하는 것 또한 내 몫이니 그냥 대신 가겠다고 한 것이다. 그간 코로나로 인해 전시 개최 소식조차 듣기 힘들었는데, 곧 맡게 될 문화 뉴스 코너에도 단비 같은 소식이 될 듯했다.

그래서 뭐라더라? 무슨 '새 사진전'이라고 했던 것 같은데.

조류 사진은 어르신들이 주로 찍는 장르가 아닌가. 내일은 그 쪽으로 바로 출근하니까 늦잠이나 푹 자둬야겠다며 남편에게 깨우지 말라는 신신당부를 한 뒤 잠을 청했다. 모든 덕통사고의 순간이 그렇듯 어떤 일이 벌어질지 전혀 예상하지 못한 채.

  작가 L은 전시 타이틀로 〈풍찬노숙〉이라는 사자성어를 택했다. 바람 풍, 밥 찬, 이슬 로, 잘 숙. 직역하자면 바람을 먹고 이슬을 맞으며 잔다는 뜻이다. 셀 수 없을 정도로 셔터를 남발하고 그중에서 겨우 몇 장을 건져내는 나와는 달리 최고의 한 컷을 위해 모진 바람과 혹독한 추위를 견디며 기다리고, 그렇게 기다리다 담아낸 그의 사진들은 새를 사랑하는 마음으로 가득 차 있었다.

  3년여의 시간 동안 군부대를 설득한 끝에 비무장지대 안쪽 임진강 변을 날아가는 두루미 가족을 촬영한 이야기를 시작으로, 새들의 경계심을 풀고 최대한 자연스러운 모습을 남기기 위해 함께 동숙하며 교감했던 순간까지. 한 점 한 점 전시된 사진들의 촬영 비하인드 스토리를 들려주던 그의 눈빛은 꿈을 좇는 소년처럼 반짝였다.

  한 분야에서 오랜 시간 경력을 축적해온 장인들을 마주할 때면 내가 무언가를 탐했던 것은 그저 찰나에 지나지 않는다는 걸 깨닫게 되어 괜스레 숙연해지곤 하는데, 나는 그날 새

이야기를 할 때마다 빛나는 그의 눈빛에서 '이 사람 덕력은 아마도 만렙이 아닐까' 하는 생각이 들었다. 함께 간 K 선배는 자연환경에 개입하는 것을 최소화하는 촬영 태도가 영화 〈월터의 상상은 현실이 된다〉(2013) 속 사진작가인 숀 오코넬(숀 저스틴 펜 분)과 닮았다고 했다. 단순히 역동적인 새 사진이 목적인 이들과는 확연히 달랐기 때문이다.

처음엔 탐조의 매력이 뭐길래 한 청년이 중년이 되도록 빠져 있는 것일까 궁금했다. 그러다 나는 울음소리가 생경하게 들리는 것만 같은 사진 앞에서 한참을 서성였고, 취재가 끝나고 집으로 돌아오는 길엔 언젠가 여유가 된다면 탐조에 입문해봐야겠다는 막연한 꿈으로 일렁였다. 당장 이번 주말 필드에 나간다고 해서 L 작가님의 사진 속 새들을 진짜로 만날 수 있다는 보장은 없지만, N사와 D사 다큐멘터리 영상을 즐겨 보고 N년째 환경보호단체에 월 정기후원을 이어오고 있는 나의 가슴속엔 불씨가 화르르 타오르다 못해 곧 너른 들판으로 번지기 직전이었다! 이거 위험하다, 위험해.

전시가 좋았던 것은 선배도 마찬가지였는지 얼마 뒤 쌍안경을 구입했다는 이야기를 들을 수 있었다. 어떤 날은 집 근처 호수에서 종종 새들을 관찰한 후기를 전했고, 또 어떤 달은 조류 촬영에 대한 기획 기사를 쓰기도 했다. (아니, 이 언니가…. 정말 너무 부러웠다.) 그로부터 몇 달 뒤, 해가 바뀌고 봄이 되어서야 나는 '퇴사=자유'라는 공식을 품에 안고 탐조에 입문할 수 있었다. 새로운 봄에 새들을 보게 된 것이다.

필드에 나가기 전, 탐조에 관련된 서적을 몇 차례 구매했다. 마침 감사하게도 SNS 알고리즘이 적중한 덕분에 나는 책과 해시태그로 '탐조 매너와 용어', '준비물', '초보자가 돌아보기 좋은 탐조지'와 같은 정보들을 후루룩 흡수했다. 새 덕후들이 모여 있는 커뮤니티에도 가입했다. 하루에도 수백 장씩 올라오는 고화질의 새 사진들이 어찌나 귀엽고 아름답던지. 새들도 종별로 성격이 조금씩 다른데, 그게 고스란히 느껴져서 또 얼마나 재미있던지.

밤낮으로 보던 숏폼 콘텐츠 대신 커뮤질을 놓지 못하는 나를 보고 남편은 말했다.

"꽤 진심이네?"

"응, 오빠. 나 지금 누구보다 진심이야."

가랑비에 옷 젖는 줄 모른다는 표현이 어울릴까? 이건 장대비가 세차게 내리는 구역으로 먼저 찾아 들어간 거나 다름없는데. 늘 화면으로만 보던 새들을 필드에서 직접 만나는 순간 느껴지는 설렘은 말로 다 표현할 수 없었다. 2D에서 3D, 아니, 그 이상이다. 숨을 죽이고 기다리다 마침내 발견하게 되었을 때의 그 짜릿한 기분과 동시에 느껴지는 자연에 대한 경이로움, 그리고 감사함. 지난 3년여의 시간 동안 동네 공원과 하천, 호수 등에선 가벼운 탐조를, 지방의 도래지에선 조난 위험을 무릅쓰고 마치 포켓몬 도감을 채워나가듯 새들을 관찰해보니 이제는 탐조의 매력이 무엇인지 조금 정의할 수 있을 것 같다.

탐조는 단순히 새를 관찰하는 것에서 그치지 않는다. 이 새가 어디에 살고 주로 무엇을 먹는지, 번식은 언제쯤이고 누구와 어울려 살아가는지, 하나의 생태계를 알아가는 거대한 여정이면서 동시에 지구환경과 기후 위기를 걱정하는 마음까지 차오르게 하는 행위다. 쇼핑을 가면 예쁜 옷보다 재활용 섬유이면서 기능성인 의류가 눈에 들어왔고, 평상시엔 배출하는 쓰레기양을 줄여보려 애쓴다.

일본의 오염수 방류 결정 소식에 당장 다음 해에 돌아올 도요·물떼새들의 개체 수가 급감하면 어쩌나 분통을 터트리기도 했다. 한쪽에서는 어떻게든 개발을 막아보려고 안 된다며 외치고 있는데, 다른 한쪽에서는 그저 집값 상승세에만 관심 있는 것이 개탄스러웠다. 그리고 결국엔 내가 저들과 별다를 것 없는 인간이라는 사실이 마음 아팠다.

새로운 봄에, 새를 보는 행위는 나를 조금 더 나은 삶으로 데려가주었다. 인간으로서, 오직 인간만이 향유하는 삶이 아닌 모든 것들과 공존하며 살 수 있는 방법을 고민하고, 작지만 할 수 있는 것들을 실천하며 행동하려 늘 고민한다. 나의 철없는 선택이 저들에게 위기로 돌아오지 않는지, 삶의 터전을 위협하진 않는지. 인류사 발전에 결정적인 물질을 발견한 모 과학자가 된 것도 아니고, 증세 없는 복지정책을 내놓은 정치인이 되어 위기에 빠진 경제를 구하는 것 또한 아니지만 나는 앞으로도 새를 보고, 그들에게서 삶을 배우며 그 이야기를 나만의 방식으로 기록하고 싶다.

새에게 빠진 지도 어느덧 햇수로 3년째이다. 그동안 탐조를 하며 마주했던 새들에 대한 사담을 전부 담을 수 없어서 봄, 여름, 가을, 겨울, 그리고 다시 봄까지 총 다섯 개의 파트의 목차로 구성하고, 기억에 선연한 에피소드를 선정해 써 내려갔다. 해당 계절에 맞게 본 새도 있고, 안타깝게도 가속화된 기후 위기로 계절보다 조금 이르게 만난 새도 있다. 또 많은 탐조인이 그렇듯 대차게 준비를 하고 나갔으나 목표했던 종과 끝내 조우하지 못한 이야기도 있다.

마지막 다섯 번째 장 '새를 사랑하는 마음으로, 다시 봄'에서는 조류 촬영에 대한 나의 짧은 회고와 불법 포획, 특정 종의 개체 수 증가 등 사회적으로 이슈가 된 사건을 바라보며, 새를 사랑하는 마음으로 그것을 다시금 돌아보게 된 이야기를 풀어냈다.

사진을 많이 넣고 싶었으나 지면의 한계로 사진이 없는 에피소드도 있다. 더불어 서식 환경 정보는 최대한 오류 없이 설명하고자 했다. 개체 수 보호를 위해 상세한 위치는 담지 않고자 했고, 전개의 흐름상 반드시 조명할 수밖에 없는 부분에선 부득이하게 지명을 언급했다.

　내가 도깨비는 아니지만 새와 함께한 모든 순간은 모두 행복했다. 날이 흐리면 흐린 대로, 맑으면 맑은 대로 몸은 힘들어도 마음만큼은 '새', '봄'에 늘 설레었다.

　이 책을 읽는 여러분도 잠시나마 나와 같은 새 봄을 느껴보기를 바라며.

●● 최애의 최애인 저어새는 허당미가 가득한 귀여움 덩어리였고,
해 질 녘 기러기 떼 비행은 감동의 눈물을 흐르게 했다.
세상은 아는 만큼 보인다고,
이제는 탐조를 알기 이전으로는 절대 돌아갈 수 없다.

●● 새해 첫날, 흑두루미를 찾아 떠난 길에 만난 큰기러기 떼.
하늘을 힘차게 날아가는 모습을 보며
나도 새 한 해를 열심히 살아보겠노라 다짐했다.

"군무를 기다리며 새들의 노랫소리와 형태를 감상하는데,
저어새들이 하나둘 날아와 마치 약속이라도 한 듯
차례로 줄을 서서 등 쪽으로 고개를 파묻고 잠을 잘 준비를 했다."

동의를
구할 수는
없지만

"뭐 보세요?"

"새요."

"아, 여기 새가 있어요?"

"네, 있어요."

탐조를 하다 보면 지나가는 사람들로부터 꽤 주목을 받는다. 쌍안경으로 새를 보고 있으면 뭘 보고 있냐고 물어보는 이들도 있고, 카메라로 찍고 있으면 곁눈질로 쓱 한 번 보고 가는 경우도 있다. (엄청난 크기의 렌즈를 마운트 해서 뭘 찍고 있는지 궁금은 하지만, 차마 물어보지는 못하고 한 뼘 떨어진 곳에서 한참을 기웃거리다 발을 떼는 어르신들도 종종 있다.) 가끔은 '새 보는 중입니다'라는 문구가 적힌 티셔츠라도 입고 다녀야 하나 싶은데, 그건 나중에 제작하도록 하고 우선은 흥미로운 이야기를 하고 싶다. 탐조에도 OOTD가 있다는 것을!

동네 공원이든 지방의 도래지든 탐조는 대부분 걸어 다니면서 하는 활동이라 편한 옷을 입는 것이 좋다. 나에게 편한 옷이라면 그것이 청바지든, 운동복 바지이든 상관없는 반면 색에는 제약이 있다. 바로 무채색. 너무 튀는 원색 옷은 사람 눈에만 잘 띄는 것이 아니라 새 눈에도 잘 보이기 때문이다. 여기서 조금 더 새들을 배려하자면 봄과 여름에는 짙은 초록으로, 가을과 겨울에는 감색이나 나무색 같은 갈색 계열이 좋다. 사파리룩이 괜히 있는 것이 아니다.

새를 관찰할 땐 새와의 일정 거리를 유지해야 한다. 나는 탐조인과, 탐조인을 가장하고 그저 사진 찍기에만 바쁜 이들의 가장 큰 차이점이 이것이라 느낀다. 탐조인을 가장하는 사람들에게는 새를 배려하는 태도가 없다. 조금 더 자세히 보겠다고, 화려하게 날개를 펼친 샷을 뷰파인더 안에 담겠다며 무작정 다가가는 것을 수도 없이 봐왔다.

새는 야생동물이다. 자기보다 덩치가 몇십 배 이상 큰 인간이 예고도 없이 훅 다가오면 당연히 놀라서 도망간다. 도심 속 텃새들은 인간과 함께 살아가다 보니 도래지의 철새보다 민감함이 덜한 편이지만 그래도 거리를 두고, 나로 인해 놀라

서 도망가게 하는 일이 없도록 해야 한다. 촬영을 할 때에도 마찬가지다. 새에게 가서 "제가 사진을 찍어도 되겠습니까?" 라고 동의를 구할 수는 없지만, 살아 숨 쉬는 생명을 단순히 피사체로만 생각하지 않았으면 한다.

   새를 관찰하는 데에 있어서 필수인 장비는 쌍안경이다. 쌍 안경은 8배율이 가장 무난한 편! 배율이 올라갈수록 멀리 있 는 상이 더 가깝게 보이지만, 그만큼 손 떨림이 심하다는 단 점도 있어서 나는 8배율로 구매했다. 카메라는 여유가 된다 면 있어도 좋지만, 필수가 아니다. 만약 찍는 행위를 단순히 기록이나 취미 활동을 넘어서 직업으로 삼아야겠다면 구매를 굳이 말리지는 않겠다.

   다만 최근에 출시된 미러리스 카메라들은 전자식 셔터 기 능을 보유하고 있어서 셔터음을 무음으로 설정하는 것이 가 능하니 이를 적극 활용해보길 권한다. 제발 우렁찬 셔터 소리 에 놀라 새가 놀라 달아나는 일이 없기를! 사진을 찍지 않고 그림을 그리는 탐조인들도 있다. 내가 본 새를 표현할 수 있 는 수단이 사진만 있는 것은 아니니 찍는 행위 자체에만 몰두 하지 않았으면 좋겠다.

   가볍게 새를 관찰하는 것을 넘어서 오래도록 할 취미로 자 리 잡았다면, 그날그날 본 새들을 기록하는 게 좋다. 'eBird'와

● 왼쪽부터 차례로 eBird, Merlin Bird ID 그리고 네이처링

'네이처링' 어플은 해당 지역에서 본 새를 기록하고 공유할 수 있게 도와준다. 'Merlin Bird ID'는 모르는 새를 발견했을 때 동정*할 수 있는 기능도 제공되니 휴대폰에 설치해두면 무거운 도감을 가지고 다니지 않아도 된다. 나 역시 새 도감이 여러 권 있지만 실제로 탐조할 땐 앱을 더 많이 사용한다.

● 생물의 분류학상의 소속이나 명칭을 바르게 정하는 일. 탐조에서는 '새의 종을 알아내는 일'을 말한다.

은밀한 폴더명의,
비명을
지르는 새

내가 거주하는 동네에는 대단지 아파트 옆으로 작은 하천이 흐른다. 총 길이가 대략 8㎞ 정도인 이 물길은 하류에서 더 큰 하천을 만나 한강으로 이어진다. 서울의 중랑천이나 불광천같이 폭이 넓은 하천은 아니지만, 양옆으로 산책 길이 조성되어 있어 아침저녁으로 운동 삼아 이곳을 걷는 주민들이 꽤 많은 편이다. 하류 부근에는 경의중앙선 강매역이 있고, 나는 집에서 나와 빠른 걸음으로 5분여를 걸어 이동하다 샛길로 빠져 대중교통을 이용해 출근하곤 했다.

본격적으로 이 하천에서 새들을 관찰하기 시작한 건 어느 날 비명을 지르는 새를 만나고 난 후부터다. 마른 나뭇가지에 새순이 올라오고, 조금씩 틔워가는 목련 봉오리 사이로 생전

처음 보는 새가 앉아 있었다. 비둘기라고 하기엔 몸집이 날렵하면서 부리가 길고, 전체적인 깃털 색은 짙은 회색에 가까웠다. 그리고 두 뺨에는 마치 귀여움의 정점을 찍기라도 한 듯 불그스름한 털이 나 있었다. (연지 곤지인가!)

나무에 앉아 똘망똘망한 눈으로 고개를 이리저리 돌리며 무언가를 바삐 찾던 새는 원하는 것을 발견하지 못했는지 이내 다른 곳으로 날아가버렸다. 그런데 그냥 이동한 것이 아니라 삐애애액- 하는 울음소리를 우렁차게 흩날리고 가셨다. 아아- 예쁘장한 외모와는 다르게 성격이 거친 친구구나. 너는 누구니?

급하게 찍은 사진으로 이미지 검색을 해보고는 충격을 감출 수 없었다. 그의 이름이 다름 아닌 직박구리였기 때문이다. 네? 아니, 그 폴더요? 은밀한 것을 숨겨놓는 폴더명의 주인공이 저렇게 예쁘게 생겼다고? 말도 안 돼.

풍문으로만 듣던 직박구리를 실제로 만난 그날의 사건은 버스에서 지하철로, 세 번의 환승을 하고 내려서도 20여 분을 더 걸어야 하는 긴 출근길 내내 나를 패닉 상태에서 빠져나오지 못하게 만들었다. 그는 반전 외모를 가지고 있었고, 전혀 퇴폐적이지 않았다. 심지어 이렇게 예쁜 새가 폴더명 하나로 웃음거리의 대명사가 되었다. 그럼 잘못은 누가 한 것인가!

직박구리는 주로 도시공원이나 숲에 거주하는 우리나라의 대표적인 텃새이다. 국립중앙과학관 텃새과학관 설명에 따르면 봄에는 꽃 속의 꿀을 빨아 먹고, 여름에는 곤충을 잡아먹으며, 가을에는 잘 익은 나무 열매를 따 먹는다고 한다. 음? 이 정도면 거의 잡식이 아닌가 싶어 직박구리가 먹이 활동을 하는 영상을 찾다가 귤 속 알맹이를 작은 부리로 야무지게 찹찹 잘도 먹는 장면을 보게 됐다. 산수유처럼 손톱만 한 열매도 먹지만 사과나 감, 귤도 종종 먹는다고.

놀란 나를 뒤로하고 떠나던 그의 울음소리가 꽤 강렬했었기에 사마귀나 거미 같은 무시무시한 곤충으로 배를 채우지 않을까 했는데 즙이 많은 과일을 먹는 모습이라니. 온 세상 귀여움을 한껏 응축시킨 느낌이었다. 이게 뭐라고, 점심시간에도 또 보고, 퇴근길에도 보고 또 봤다. 내 자식도 아닌데 온 동네방네 직박구리의 존재와 귀여운 면모를 알리고 싶은 욕구를 가슴 속 깊이 꾹 눌러 담은 채 귀가해 남편에게 말했다.

"직박구리 알아?"

"어…? (나는 그런 폴더 없는데….)"

그날 이후, 나는 직박구리를 더 자주 볼 수 있었다. 그동안 눈여겨보지 않아서 눈에 덜 띄었을 뿐이지 참새나 비둘기와 마찬가지로 여기저기서 쉽게 찾을 수 있어서 '이 새가 텃새가

🔹 직박구리는 꿀만 먹는 게 아니라 꽃잎을 통째로 잡수시기도 한다.
부리에 개나리 꽃잎이 붙은 것도 모르고.

🔹 지난여름 강원도 여행에서 목격한 직박구리의 식사 장면.
어디선가 잡아 온 벌레를 한입에 먹기 힘든지 계속 던지고
다시 물고 하면서 삼킬 각을 찾고 있었다.

맞긴 맞구나'라는 생각이 들었다. 운 좋게 600㎜ 초망원렌즈를 대여한 날도, 집 근처가 아닌 지방의 도래지에서도, 심지어 이 글을 쓰는 오늘 아침에도 아파트 단지 내 울려 퍼지는 그의 기이한 울음소리를 들을 수 있었다.

동네 공원에서도 쉽게 볼 수 있지만 조경을 잘해놓은 아파트 단지에서는 나무 사이에 둥지를 틀고 번식을 하기도 해서 6-7월이면 털이 덜 자란 어린 직박구리를 볼 수도 있다.

은밀한 폴더명! 비명을 지르는 새 직박구리야.

우리 앞으로도 자주 만나자.

왕송호수에서
만난 물닭

～

　동네에서 박새, 쇠박새, 멧비둘기, 직박구리와 같은 텃새들을 관찰하며 탐조의 재미에 흠뻑 빠지다 못해 아주 제대로 절은 나는 더 많은 새를 보기 위해 K 선배가 사는 동네로 원정을 갔다. 당시 선배는 만삭이었던 터라 집 밖에 나오기도 쉽지 않았을 텐데, 그런 임신부를 데리고 세 시간 남짓을 걸어다녔으니 다시 생각해보면 정말 아찔한 탐조였다.

　경기도 의왕시 소재인 왕송호수는 겨울철새만 약 50여 종이 서식하고, 관찰할 수 있는 새는 160여 종에 달하는 대형 호수이다. 그만큼 면적이 커서 다 둘러보려면 시간이 꽤 걸리는데, 다행히도 친절한 어르신들 덕분에 많은 새를 볼 수 있었다. 유명한 탐조지에 가면 챙이 넓은 모자를 쓰고, 조끼를 입고 카메라와 삼각대까지 들고 다니는 어르신들을 자주 볼 수 있는데, 이분들은 누가 봐도 조류 촬영의 고인물급 고수이다.

선배와 호수 위로 유유히 떠다니는 민물가마우지 한 마리를 구경하던 중, 갑자기 어르신 한 분이 내 어깨를 툭툭 치며 말했다.

"거기 아니야, 이리 와요."

순간 간결하면서도 단호했던 어르신 목소리에서 달인의 위엄이 느껴졌다. 더 멋진 광경이 우리를 기다리고 있다는 것을 동시에 느껴서일까. K 선배와 나는 새어 나오는 웃음을 꾹 참고 어르신을 따라 서너 걸음 떨어진 곳으로 이동했다. 어르신이 소리 없이 가리킨 손끝에는 풀숲 사이로 둥지 재료를 물어 나르는 물닭 한 마리가 보였다. 번식 시기에만 볼 수 있는, 곧 있을 산란을 준비하는 모습이다.

까만 몸에 흰 이마를 가진 물닭은 작은 부리로 제 몸보다 긴 나뭇가지를 몇 번이고 물어 날랐다. 엄마가 될 준비는 선배만 한 게 아니구나. 자유롭지만 동시에 끝없는 위험이 공존하는 야생에서 새끼를 위해 고생하는 물닭을 보니 나도 모르게 감정 이입이 되서 괜스레 눈가가 촉촉해졌다.

"조심히 앉아요. 쟤 놀라니까."

어르신은 앵글을 더 낮게 찍어야 구도가 예쁘게 나온다는 조언을 아끼지 않으면서도, 둥지 보수 공사 작업 중인 물닭의 안전을 최우선으로 걱정하셨다.

물닭은 강이나, 저수지, 습지에서 주로 서식하며 곤충이나 식물의 줄기, 작은 어류 등을 섭취하며 살아간다. 5월부터 수면 위, 수초가 우거진 곳에 풀 줄기나 얇은 나뭇가지를 엮어 둥지를 짓는데, 보통 아홉 개 이하로 알을 낳아 암수가 교대로 품는다. (사실 외형적으로 암수가 똑같이 생겨서 방금 본 녀석이 엄마인지, 아빠인지는 알 길이 없다.) 물갈퀴가 있는 발을 가졌기 때문에 날아오를 때 수면을 뚱땅뚱땅 발로 튀기는 모습도 볼 수 있다.

분주히 재료를 나르던 물닭이 어느덧 시야에서 사라지자, 어르신은 핸드폰을 꺼내 그동안 찍은 새 사진을 보여주며 이곳에서 볼 수 있는 종명과 서식 환경에 대해 설명했다. 하루 이틀 탐조를 이어오신 게 아닌 듯 보였다. 새를 보고, 기록하는 열정만큼은 아직도 현역이셨다. 어르신은 어렵게 찍은 발구지 한 쌍이 오늘은 나오지 않는 모양이라며 아쉬워했지만, 초보 탐조인에게 인상 깊은 장면을 보여주었다는 것에 자부심을 느낀 듯 만족스러운 표정을 짓고 계셨다.

한 달 하고도 보름이 더 흐른 어느 날, 남편과 왕송호수를 다시 찾았다. 그사이 장마와 두어 차례 큰 태풍이 지나가서 혹여나 거센 비바람에 알이 쓸려 내려가지 않았을까 했지만 괜한 걱정이었다. 물닭은 새끼를 건강하게 키워내 한가로이 호수 위를 떠다녔고, 새끼는 어미에게 잠수와 사냥 등 살아가는 법을 배우고 있었다. 그리고 그즈음 K 선배는 내게 순산 소식을 전했다.

●● 물닭도, K 선배도
참 존경스럽다.

● 물닭과 비슷한 시기에 번식한 뿔논병아리도
멋진 부모가 되었다.

왜가리라 쓰고
킹가리라
읽는다

도심 하천이나 강가를 걷다 보면 흔히 볼 수 있는 큰 새가 있다. 간혹 새를 잘 모르는 사람들이 이 새의 긴 다리와 쭉 뻗은 목, 날렵한 부리를 보고 황새로 오인하거나, 자신들이 아는 상상력을 총동원해 다른 이름을 붙이는 경우가 있다.

얼마 전 집 근처 강가에서도 열띤 논쟁을 펼치는 한 커플을 지나쳤다.

"저거 학인가?"

"요즘 세상에 학이 어딨냐! 두루미지."

"아니야, 유튜브에서 봤어. 저건 해오라기야."

순간 두 팔을 걷고 나서서 "안녕하세요, 저 새는 왜가리입니다. 학은 두루미를 뜻하는 한자고, 두루미는 겨울철새라 이

계절에, 그것도 이런 도심 한복판에 나타날 수 없는데요. 강원도 철원이나 연천 쪽에 가시면 볼 수 있습니다. 해오라기는 왜가리보다 체급이 훨씬 작고, 길쭉한 느낌이 없는데 펭귄과 비슷하게 생기기도 했어요. 아, 그리고 황새는…."이라고 설명을 덧붙일까 잠시 고민했다.

하지만 비장한 표정으로 엉뚱한 새 이름만 말하는 그들 모습이 재밌기도 해서 그저 웃으며 가만히 대화를 엿들었다. 입이 정말 엄청나게 근질거렸지만 내가 TMI의 대명사인 모 야구선수도 아니고, 타인이 대화에 끼는 것을 상대방이 불편해할 수도 있으니까.

왜가리는 본래 여름철새였지만 이제는 사시사철 볼 수 있는 텃새가 되었다. 주로 논이나 하천, 저수지, 하구, 해안 습지에 서식하는 물새로 어류나 양서류, 파충류를 먹고 사는데, 먹성이 워낙 좋아서 작은 물고기뿐만 아니라 성인 팔뚝만 한 큰 물고기도 꿀떡 잘 삼킨다. 아주 드문 일이지만 제 몸집보다 작은 새끼 새들까지 잡아먹는 경우도 있다.

특유의 무서운 눈동자로 빤히 물속을 바라보다 뾰족한 부리를 확 꽂아 사냥하기 때문에 탐조인들 사이에선 '킹가리'라고 불리기도 한다. 눈 뒤부터 이마와 머리 쪽에 짙은 푸른색 띠가 있고, 부리는 노랗다. 사다새목, 백로과의 조류라 전체적으로 나 있는 회색 깃을 제외하면 백로류와 외형은 비슷하다. 번식기에는 머리에 댕기처럼 두어 가닥 장식깃을 달고 다닌다.

왜가리는 이름에서도 알 수 있듯 왝! 하고 운다. 움직이지 않고 가만히 있을 때가 많아 자주 들을 수 있는 소리는 아닌데, 작년엔 스크린을 통해 그 울음소리를 크게 들을 수 있었다. 지브리의 수장인 미야자키 하야오가 〈바람이 분다〉(2013) 이후 무려 10년 만에 새 작품 〈그대들은 어떻게 살 것인가〉(2023)를 선보인 덕분이다.

영화를 두 번이나 봤음에도 감독이 말하고자 하는 메시지에 왜 왜가리가 빌런처럼 등장한 것인지 아직도 이해가 잘되지 않는다. 하지만 예고편이 공개되기도 전, 포스터 한 장만으로도 탐조 커뮤니티가 뜨거웠던 점과 멸종위기종이나 어렵게 볼 수 있는 새가 아닌 일본에서도 흔히 볼 수 있는 텃새를 아이콘으로 활용했다는 점이 참 흥미로웠다.

게다가 영화는 실제 왜가리의 모습을 실감 나게 담아냈다. 사냥 시 적절한 때가 오길 기다리며 긴 시간 동안 수면 위에 부동자세로 가만히 서 있는 모습이라든지, 날개를 다 펴고 날아갈 때 돋보이는 큰 몸체 같은. 미야자키 하야오가 왜가리를 스크린으로 데려오려고 꽤 오랫동안 새를 지켜보고 연구하며 고생했을 모습이 영화를 보는 내내 머릿속에 그려졌다. 아마도 그는 새 덕후가 아닐까?

이제 아시겠죠? 왜가리입니다.

시베리아 툰드라에서
호주,
뉴질랜드까지

⌣

봄이면 동남아시아나 남쪽 등지로부터 날아와 우리나라에서 번식을 하고, 태어난 새끼와 함께 가을쯤 다시 남쪽으로 이동하는 새를 여름철새라고 한다. 보통 4-5월경 찾아와 9-10월까지 머무는 것으로 알려졌지만, 최근 기후 위기로 날이 따뜻해지면서 이른 초봄부터 볼 수 있는 개체가 늘고 있다. 반면 시베리아 등 추운 지역에서 번식을 하고, 가을이 되면 한반도에 찾아와 겨울을 보낸 후 날이 따뜻해지면 북상하는 새들을 겨울철새라고 부른다.

1년 내내 어디서든 볼 수 있는 텃새들을 보는 재미가 매일 먹는 한식이라 표현한다면, 계절의 변화에 따라 우리나라를 찾아주는 철새들을 관찰하는 묘미는 양식에 가깝다. 그렇다면 일정 시기에 한반도를 잠시 통과하는 나그네새들은 디저트라고나 할까!

탐조인에게 봄은 온갖 신기한 디저트를 가득 차린 한 상과도 같다. 새들의 이동 시기에 맞춰 섬 탐조를 갈 수 있는 시즌이기 때문이다. 주로 유부도나 어청도, 외연도, 소청도 등 서해안에 위치한 섬들이 유명한데, 안타깝게도 나에겐 아직 섬 탐조를 경험할 수 있는 기회가 오지 않았다. 섬에 들어갔다 탐조를 하고 나오는 시간까지 생각하면 숙박을 피할 수 없고 (예산 증가), 또 섬이라는 지형 특성상 해상 조건이 맞지 않으면 예정에 있던 운항 스케줄도 취소되는 경우가 많기 때문에 몇 번 머릿속으로 계획만 하다 그칠 수밖에 없었다.

하지만 우리나라가 어떤 나라인가! 삼면이 바다인 반도가 아닌가. 탐조 명소로 익히 알려진 곳들 중에 군이 배를 타고 들어가지 않아도 도요·물떼새들을 볼 수 있는 장소가 있다기에 부랴부랴 장비를 챙겨 남편과 영종도로 향했다.

도요·물떼새들은 도요목에 속하는 도요새와 물떼새과 조류를 통틀어 이르는 말이다. 총 63여 종의 도요·물떼새들[*]이 매년 봄과 가을 우리나라를 찾아오는데 종마다 서식지 차이

● 《한국의 도요물떼새》, 박진영, 박종길, 최장용, 자연과 생태, 2013.

가 있지만, 이들은 주로 시베리아 알래스카와 오스트레일리아 대륙 사이를 이동하는 중에 서해 갯벌에 잠시 들른다. 2만 5,000에서 3만㎞ 정도에 달하는 여정. 그 중간 기착지인 1만 2,000㎞에서 도요·물떼새들은 먹고, 쉬고, 자면서 체력을 보충한다.

우리나라 서해 일대 갯벌들은 조수간만의 차로 먹이 자원이 풍족하기 때문에 새들에게 있어 휴게소 역할을 하기에 충분하다. 서해 갯벌의 가치가 전 세계적으로 인정받게 된 계기도 어찌 보면 이동하는 새들 덕분이라 할 수 있다. 녀석들은 물이 빠지면 먼 갯벌로 나가 배를 채우고, 반대로 물이 들어오면 조금씩 물과 함께 이동해 육지 쪽으로 온다. 물때를 잘 맞춰 가면 수백에서 수천 마리의 도요·물떼새들이 추는 군무를 볼 수 있다.

2시쯤 도착한 갯벌엔 새들의 함성으로 가득했다. 마도요와 알락꼬리마도요, 큰뒷부리도요처럼 대형 도요새들이 200여 마리쯤 무리를 이뤄 점점 뭍으로 오고 있었다. 그 사이로 몸체가 더 작은 민물도요 무리가 밀려들어온 바닷물 사이를 왔다 갔다 하며 분주히 움직이는 모습을 보였다.

대략 몇 마리가 온 건지 보고 어플에 기록하려 했는데 작은 녀석들을 일일이 세는 건 쉬운 일이 아니었다. 군무를 기다리며 새들의 노랫소리와 형태를 감상하는데, 저어새들이 하나

● 저 작은 몸으로 어떻게 그 먼 거리를 이동할까?

녀석들은 한꺼번에 날아오르지 않고 순차적으로 날아오른다.
이 작은 생명에게도 질서가 존재한다는 게 놀랍다.

둘 날아와 마치 약속이라도 한 듯 차례로 줄을 서서 등 쪽으로 고개를 파묻고 잠을 잘 준비를 했다.

만조가 다가오니 시끄럽게 울어대던 새들이 일순간에 조용해졌다. 이윽고 쉬이이익 하는 날갯짓 소리가 귓가에 들리더니 눈앞에서 군무가 펼쳐졌다. 저게 바람 소리가 아니었다니! 주변이 고요해지고 바람과 같은 날갯짓 소리만 들려서 소름이 끼쳤다. 작은 민물도요 무리는 먼바다에 나가 있던 다른 개체들이 조금씩 합류해 거대한 띠를 형성했고, 이내 얇은 줄과 타원형 형태로 하늘을 휘저으며 이곳저곳을 오갔다.

새들이 보여주는 몸짓이 너무 아름다워서 순간 눈물이 났다. 요 며칠 심신이 힘들었나? 오늘도 잘 살아냈다며, 새들이 마치 위로를 해주는 것만 같아 괜스레 고마운 마음까지 들었다. 이 감상을 뭐라고 표현할 수 있을까.

언젠가 손석희 아나운서가 JTBC뉴스룸에 출연한 한 배우를 두고 "내면의 아름다움이란 얼마나 하찮은 것인가"라는 표현을 했는데, 나는 자연이 만들어내는 경이로움에 이보다 더 적절한 인용은 없으리라고 본다. 한참 셔터를 누르던 남편과 나는 카메라를 내려놓고 새들의 군무를 멍하니 즐겼다. 한낮의 노랗던 해가 차츰 붉게 물들고 있었다.

●● 도감으로 볼 땐 와닿지 않았는데
실제로 보니 대형 도요류와 소형 물떼새의
체급 차이가 꽤 난다.

●● 내가 서 있던 곳은 해를 정면으로 바라보는 위치라 눈이 따가웠지만
석양빛에 드러나는 새들의 실루엣은 참 오래도록 기억에 남을 것 같다.
내년에도, 후년에도 봄, 가을마다 계속해서 보고 싶다.

chapter 2 여름

그저 좋아하는 마음만으로 출발했던 길 위에서,
나의 사고는 오늘도 한층 더 확장된다.
이것이 진정한 탐조의 매력인가!

다 같은
오리가
아니었어?

Q. 다음은 동네 하천에서 볼 수 있는 오리이다. 이 중 흰뺨
검둥오리를 찾고, 그 차이를 서술하시오.

A. ?

자세히 보아야 예쁘고, 오래 보아야 사랑스럽다는데 나에겐 그럴 짬도, 관심도 없었던 게 분명하다. 늘 마주하던 대상의 진정한 가치를 발견하려면 세심한 눈길이 필요한 법인데.

여느 때처럼 나온 산책길에서 나태주 시인의 〈풀꽃〉이 떠올랐던 건 오리 역시 마찬가지라는 생각이 들어서다. 탐조에 입문하기 전 내가 그랬듯, 이 책을 읽는 이들 중 대다수는 '뭐 다 같은 오리 아닌가?' 혹은 '오리 구분하는 게 뭣이 중요하리'라고 여길 수도 있다.

위 문제에 대한 한 가지 단서를 제시하자면, 흰뺨검둥오리는 아주 쉽게 볼 수 있다. 멀지 않은 곳에 산과 나무가 우거져 있다면 산새들이 목을 축이러 하천을 방문하기도 하지만, 흔히 우리가 동네 물가라고 알고 있는 지방하천과 국가하천은 물새들의 서식지 역할을 하기에 부족함이 없고, 그곳에 1년 내내, 그것도 아침, 점심, 저녁 어느 시간대에 가도 노닐고 있는 오리과 중 높은 비중을 차지하고 있는 것이 바로 흰뺨검둥오리이기 때문이다.

그리고 흰뺨검둥오리는 이름에서도 알 수 있듯이 뺨에 흰 털이 있다. 자, 그럼 이제 시선을 돌려 다시 사진을 보자. 셋 중 흰뺨검둥오리는 누구인가!

흰뺨검둥오리의 '흰 뺨'은 다른 오리들에 비해 면적이 조금 더 넓은 편이다. 하얀 얼굴이 유독 잘 보이고, 부리 끝부분은 노랗다. 청둥오리 암컷이나 원앙 암컷과 비교해보면 확연히 알 수 있다. 그래서 풀숲 사이로 숨어도 흰 뺨과 노란 부리 때문에 숨은 게 아닌 게 돼버린다. 번식기는 4월에서 6월까지로 새끼들이 부화하면 가족 단위로 함께 움직이며 먹이 활동을 다닌다. 물속에 있는 부유물이나 나무 열매, 곤충 등을 주로 먹는데 새끼 흰뺨검둥오리들은 작은 몸으로 어미에게 수영과 깃털 다듬는 법, 사냥을 배운다.

오리는 크게 수면성오리와 잠수성오리로 나뉜다. 수면성오리인 흰뺨검둥오리는 물 위에 떠서 생활을 하지만 몸 전체를 잠수할 수는 없다. 그래서 몸 앞부분은 물속으로 들어가지만 엉덩이는 물 밖에 둥둥 뜨는 귀여운 모습을 보인다. 오리 궁둥이는 심장 건강에 무척 해롭다. 너무 귀여워서!

초여름, 집 근처 하천에 오리 새끼가 열 마리 태어났다. 어미의 5분의 1 크기 정도 되는 새끼들은 호기심이 많아 제 몸보다 큰 풀을 뜯다가 어미와 잠시 멀어지기도 했다. 하지만 이내 엄청난 속도로 어미를 따라잡고 만다. 하천가 옆 산책로에 길고양이 급식소가 여럿 있는데 밤이면 내심 오리 새끼들의 안위가 걱정됐다. 어미가 옆을 지키고 있어도 천적의 위협으로부터 안전할 수는 없다.

옆에서 보고 있다가 만약 돌발 상황이라도 벌어지면 천적으

🦆 어린 녀석들이 호기심이 참 많다.
작은 부리로 풀도 뜯어보고, 냄새도 맡는다.

🦆 풀숲 사이로 보이는 어미와 새끼들.
부디 모두 건강한 성조*로 성장하기를!

● 다 자라 어른이 된 개체를 말한다. 반대로 어린 새는 유조라 부른다.

로부터 흰뺨검둥오리 가족을 지켜내고 싶은 마음이 굴뚝같았다. 하지만 탐조를 할 땐 언제나 새들과 거리를 유지하는 것이 최우선이기에 반대편 계단 위에서 망원렌즈를 사용해 조용히 지켜봤다.

어미는 산책하는 이들의 발걸음 소리에도 경계를 늦추지 않더니 이내 인적이 드문 상류 쪽으로 새끼들을 데리고 이동했다. 아마 내년 이맘쯤에 또 귀여운 새끼들이 태어나겠지?

Bird 나무의
하얀
쇠백로

옆 동네에는 새가 열리는 나무가 있다. 고가도로 바로 옆에 있는 나무라 운전하던 남편이 종종 "버드(Bird) 나무!"라고 시답잖은 농담을 했는데, 매년 여름이면 진짜로 그 나무엔 흰 새가 주렁주렁 열린 듯 앉아 있다! 4월부터 하나둘 보이다 겨울엔 아예 자취를 감추는 걸로 봐서는 분명 여름철새인데. 정확히 어떤 새인지 한 번도 자세히 본 적이 없어서 이번 기회에 근처까지 가보기로 했다.

예민한 육추 시기엔 차들이 지나가는 것만으로도 스트레스를 받을 수 있으니 먼 곳에 차를 세워두고 걸어서 이동했다. 우리는 고가 밑, 반대편 도로 밑에서 슬금슬금 걷다 기둥 뒤로 빠르게 숨기를 여러 차례 반복했다. 마치 스파이 작전처럼 신중에 신중을 기했는데 마지막 기둥 옆으로 빼꼼 내다보니 카메라를 든 사람들이 여럿 서 있었다.

한숨이 절로 나왔다. 그냥 새를 보는 것도 아니고, 새가 있는 나무 바로 아래까지 다가가 큰 소리로 대화를 나누며 찰칵! 찰칵! 새를 찍고 있다. 아…. 제발… 그러지 마세요. 곧 저녁이라 이제 새들도 슬슬 쉬어야 할 타이밍인데…. 당장이라도 다가가 말리고 싶은 마음이 굴뚝같았지만 쪽수에서 밀리는 것 같아 차마 그들을 저지하지 못하고 먼발치에서 촬영이 끝나기를 기다렸다. 조금만 새를 배려한다면 나올 수 없는 행동인데, 일요일 오전에 방영하는 동물 프로그램을 너무 많이 들 본 탓이 아닐까 잠시 생각했다.

한참을 기다리자 사람들이 하나둘 사라지고 다시 나무 위는 평화로워졌다. 더 이상 접근하지 않고 쌍안경으로 올려다본 나무 위에는, 옹기종기 모여 앉은 흰 새가 노란 양말을 신고 있었다. "쇠백로다!" 남편이 소리 없는 입 모양으로 내게 말했다.

쇠백로는 백로류 중 몸집이 가장 작은 종이다. 이름 앞에 붙는 '쇠'는 작다를 뜻하는 한자 '소'에서 온 것인데, 이는 비슷한 다른 종의 새보다 몸체가 더 작아서 붙인 것이다. 쇠백로뿐만 아니라 쇠부엉이, 쇠박새, 쇠솔새 등도 마찬가지다.

중국, 동남아시아, 인도, 유럽, 아프리카, 뉴기니, 오스트레

🐦 근처 하천 징검다리 위에서 만난 쇠백로.
노란 발이 유독 눈에 들어온다.

🐦 그다음 해 여름, 다른 곳에서 만난 쇠백로.
느린 걸음으로 가는 뒷모습이 유독 귀여웠다.

일리아에 분포하는 쇠백로는 얕은 호수나 논, 개울 등지에서 발로 물속 바닥을 구르며 걷다가, 튀어나오는 먹이를 재빠르게 잡아먹는 특이한 사냥 방식을 고수한다. 성조는 번식기가 되면 뒤통수에 두 가닥 댕기가 자란다.

먹이 활동을 다녀온 쇠백로는 둥지에 도착하자마자 한껏 입을 벌린 새끼에게 먹을 것을 게워냈다. 육추 장면을 찍으려고 그렇게들 가까이 몰려 있었구나. 이 시기에 일정 거리 이상 접근하면 간혹 어미가 둥지를 포기하는 경우도 있다고 들었다. 사람의 삶에 비유하자면 이런 것일까? 출산한 지 얼마 되지도 않아 정신없이 바쁘고 힘든 와중에 모르는 이들이 불쑥 찾아와 "모유 수유는 했니?", "애는 따뜻하게 입혀야지.", "어디 나도 좀 보자." 하고 오지랖을 부린다. 상상해보는 순간 눈앞이 아득해졌다.

짧은 탐조를 마치고 집으로 가던 중, 인근에 사시는 분께 이곳에 오는 쇠백로에 대해 여쭈었다. 본래 몇백 미터 떨어진 곳에 있던 야산에 많이 살았는데, 그 부지가 개발되고 아파트가 들어서면서부터 지금의 나무 위치로 이동한 것 같다고. 쇠백로는 큰 나무에 둥지를 짓고 번식하므로 신빙성이 아예 없는 이야기는 아니다. 게다가 인간의 무분별한 개발로 인해 야생동물이 서식지를 뺏기는 사례는 차고 넘치기에.

고가도로 반대편에 남은 부지는 현재 신도시 개발이 확정되어 현수막을 내걸고 공사 준비에 한창이다. 아마도 내년 이맘때쯤엔 쇠백로가 가득 있는 이 나무를 볼 수 없을지도. 나 같아도 안 오겠다, 정말.

최애의 최애가
나의
최애가 될 때

탐조 용어 중에 '스파크 버드(Spark bird)'라는 것이 있다. 도심에서 비둘기를 내쫓기 위한 수단인 버드 스파이크 말고, 스파크 버드! 미국의 저명한 자연보호 단체인 오듀본협회*는 스파크 버드를 다음과 같이 정의했다. '새 관찰에 대한 평생의 열정을 불러일으키는 종.' 탐조에 열정과 흥미를 갖게 만드는 것은 물론이고, 나아가 다른 동물이나 자연 전체를 아우르는 마음이 들게끔 만드는 일종의 '최애'랄까.

나에게 스파크 버드는 저어새다. L 작가님의 사진전에 제일 먼저 도착해 처음 마주한 작품도 저어새 사진이었고, 실제

● 미국 조류학의 아버지라 불리는, 화가이자 조류학자인 존 제임스 오듀본(John James Audubon)의 이름을 따서 설립되었다.

로 필드에서 만났을 때 발끝에서부터 전율이 느껴지다 못해 압도적인 긴장감을 느끼게 만든 것 역시 저어새였다.

흰 몸에 이국적인 머리 깃을 흩날리는 빨간 눈의 저어새는 흡사 빨래판처럼 보이는 밥주걱 모양 부리를 가지고 있다. 번식기에는 목 아래 가슴께에서 V 자 형태의 누런 털을 발견할 수 있다. 부리 끝에 노란색 줄이 있으면 겨울철새인 노랑부리 저어새, 노랗지 않고 까맣기만 하다면 여름철새인 저어새다.

여름철새가 우리나라에 오는 시기는 종마다 조금씩 차이가 있다. 보통은 겨울이 끝나고 초봄이 시작될 때쯤 도착하는데, 저어새는 3월 중순에 도래해 11월 초순까지 머문다. 세계자연보전연맹 적색자료목록에 위기종으로 분류될 만큼 국제 보호종이면서, 동시에 멸종위기야생생물 I급, 게다가 천연기념물이기까지 한 저어새는 농약 중독과 밀렵 등의 이유로 한때 전 세계적으로 개체 수가 400여 마리까지 떨어지기도 했다. 조금씩 노력을 기울인 덕분에 지금은 6천여 마리로 늘었고, 자랑스럽게도 그중 90%가 우리나라 서해안에서 번식한다.

탐조에 입문한 계절이 봄인지라 조금만 부지런히 움직인다면 금방 저어새를 볼 수 있으리라 예상했다. 하지만 초보 탐조인에게 그런 조복은 쉽게 찾아오지 않는다는 것을 공릉천에서 여실히 느낄 수 있었다. 나는 남편에게 이제 동네 하천과 공원은 벗어날 때가 되었다며, 난이도가 높은 탐조지에 가보자고 호기롭게 외쳤다.

공릉천은 경기도 양주와 파주, 고양시를 지나 한강까지 이어지는 큰 하천으로, 탐조 명소로 알려진 하류 부근의 길이만 총 30km에 달한다. 정확히 어느 포인트에서 탐조를 시작해야 많은 새를 볼 수 있는지 위치 정보가 매우 중요한 상황. 그런데 블로그며 커뮤니티며 아무리 검색해봐도 공릉천 탐조 대박이라는 후기만 전해질뿐 상세한 스폿은 알 수가 없었다. 남편은 "그래도 우리가 결혼 전 주말엔 항상 파주에서 살다시피 데이트를 했으니, 우선은 한번 가서 가볍게 걸어보는 게 어때?"라고 했다.

그래! 일단 가보는 거지, 뭐! 저어새를 못 본다면 뜸부기나, 강가에서 다른 새라도 볼 수 있지 않겠어? 근거 없는 자신감이 차올랐다. 각자 카메라가 있으니, 쌍안경도 각각 있어야 할 것 같아 주말이 오기 전에 미리 구매해 배송까지 받아뒀다. 하지만 역시 머리가 나쁘면 용감한 법. 그날 우리는 허리까지 차오른 강변 풀숲에서 세 시간이 넘도록 헤매다 머리 위로 날아가는 까치 한 마리를 겨우 볼 수 있었다. 팔에는 풀독이 올랐고, 피부는 까맣게 그을렸다.

나중에서야 알게 된 사실인데, 멸종위기종이 아니더라도 서식지 보호를 위해 새들의 세세한 위치 정보는 공유하지 않

🔸 녀석들은 서로의 몸을 부리로 만져주며
몸단장을 도왔다.

🔸 저어새와 나 사이의 초록 불꽃=벼

는 것이 좋다고 한다. 아아… 그랬구나. 그래서 눈을 씻고 찾아봐도 알아낼 수 없었던 거구나.

진짜 저어새를 본 건 그다음 주말이었다. 인근 논가를 지나다 백로류인 줄 알고 차를 세운 후 쌍안경으로 확인하고서 깜짝 놀라지 않을 수 없었다. 그동안 숱하게 봐왔던 화면 속 저어새와 정말 똑같이 생긴 새가 눈앞에 나타난 것이다! 뒷머리 장식깃을 바람에 서서히 흩날리며, 저어새들은 부리로 논바닥을 열심히 휘저으며 맛있게 식사를 하고 있었다.

하나, 둘, 셋, 넷, 다섯, 여섯. 처음엔 네 마리가 모여 다니는가 싶더니 나중에 두 마리가 더 날아왔다. 녀석들은 밥을 먹다가도 논 반대편에서 인기척이 들리면 흠칫 놀라곤 했다. 인적이 드문 곳이긴 하나 농사를 짓는 사유지라 이따금씩 논둑으로 농민들이 걸어갔는데, 그게 신경이 쓰인 모양이다. 한 녀석이 몸을 숙이고 있으면 다른 한 녀석이 뒤에 서서 두리번거렸다. 마치 교대로 망을 봐주는 것 같았다.

숨을 죽이고 가만히 관찰하는데 셔터 버튼 위에 얹은 손이 덜덜 떨렸다. 나… 떨고 있니? 그사이 식사가 끝난 녀석들은 다정히 서로의 깃을 부리로 정리해주다 어디선가 나타난 쇠백로 한 마리 때문에 깜짝 놀라 더 멀리 떨어진 논가로 이동했다. 저어새가 쇠백로보다 몸집이 조금 더 큰데…. 뭐야. 덩

치만 컸지. 완전 순둥이들이잖아?

  L 작가님은 최애가 저어새라고 말했다. 본인은 욕심이 많아 최애가 하나는 아니라고 덧붙였지만, 전시된 저어새 사진 앞에서 처음 만났던 추억을 회상하며 구구절절 이야기하던 작가님 뒷모습만 봐도 그가 얼마나 설렘 가득한 시간을 보냈을지 짐작할 수 있었다. 그날 이후, 쭉 최애 작가님의 최애를 만나기를 고대했던 나는 멈춰 있는 사진이 아닌 실제로 살아 움직이는 저어새를 두 눈으로 확인하고 나서야 그 마음에 미약하게나마 공감할 수 있었다.

  그만큼 저어새는 강렬했고, 뜨거웠다. 한여름 뜨거운 햇빛 사이로 한차례 분 바람에 흩날리던 단발머리, 주걱 부리 끝에 맺힌 물방울, 서로를 만져주던 연대의 몸짓, 그날의 공기와 온도, 습도, 바람까지. 내 마음과 저어새 사이에도 무성하게 우거진 초록 불꽃이 튄 게 분명하다.

한여름 날의
개개비
찾기

새들의 일과는 직장을 다니는 인간을 떠올리게 한다. 아침에 일어나 몸을 단장하고, 먹이 활동을 나가 열심히 생존과 싸우다, 해가 질 때쯤 퇴근을 한다. 그래서 새를 보려면 아침 일찍 움직이거나 오후 늦게 다니는 것이 좋다.

탐조지가 어디냐에 따라 조금씩 차이가 있기도 하지만, 한창 먹이 활동을 하는 시간대인 점심쯤엔 아침만큼 많이 보기 힘들다. 일찍 일어나는 새가 벌레를 더 많이 잡는다는 속담이 괜히 나온 게 아니다. 아침 일찍 집을 나선 탐조인의 조복 게이지는 가득 차 있을 가능성이 높으니.

날이 더워질수록 더 많은 여름철새들이 눈에 띄기 시작했다. 공릉천 사건 이후 그 일대에서 황로를 봤는데, 마침 근처에 빗물을 저장해두는 유수지가 있어서 이번엔 그쪽을 돌아보기로 했다. 그동안 헛고생을 한 게 아니었는지 남편과 나에겐 나름의 노하우가 생겼다.

첫째는 탐조지에 가기 전 해당 지역에서 관찰할 수 있는 종을 도감과 어플에서 찾아보고, 울음소리를 유심히 들어본다. 특히 몸집이 작은 새들은 울음소리만 들리고, 바로 모습을 드러내지 않기도 해서(사실 내가 못 찾는 경우가 많다) 소리에 집중한 뒤 지금 이곳에 어떤 새가 와 있는지를 파악한다.

둘째로, 해당 종이 어떤 환경에서 서식하는지를 공부하면 도움이 된다. 물새들이 다 같은 물가에 있는 것 같지만, 얕은 물가인지, 바다와 같이 염도가 있는 물가인지, 주변에 어떤 식생이 자라는지에 따라 종이 다 다르다.

산새의 경우도 마찬가지다. 새마다 선호하는 나무와 열매가 달라서 뒷산에 어떤 나무들이 자라는지 알면 출현 가능한 종을 유추해볼 수 있다. 그저 좋아하는 마음만으로 출발했던 길 위에서, 나의 사고는 오늘도 한층 더 확장된다. 이것이 진정한 탐조의 매력인가!

유수지에 도착해 차를 세우고 창문을 열어보니 개개개객! 하고 울음소리가 들렸다. 여름철새인 개개비가 온 것이다. 개

개개비는 눈 주변에 흰 눈썹이 있고 하얀 배를 가졌다.
이 작은 녀석이 어찌나 용맹하게 울어대던지.

개개비는 참새목 휘파람새과에 속하는 조류로, 몽골 중부에서 러시아 남동부, 중국 북부와 동부, 사할린, 일본이나 우리나라에서 서식한다. 4월 중순쯤 도래해 번식하고 10월 하순까지 관찰할 수 있는데, 주로 저수지나 하구, 습지 안 갈대밭이나 풀밭에서 어렵지 않게 볼 수 있다고 한다.

하지만 식생이 우거져 있는 유수지에서 맨눈으로 찾아내기란 쉽지 않았다. 몸체가 조금 크면 좋으련만 꽁지깃이 참새보다 조금 긴 편임에도 불구하고 20분째 찾지 못했다. 우는 소리는 계속해서 들리는데, 눈에는 계속 들어오지 않으니 내가 혹시 뭔가에 홀린 건가 싶기도 하다.

그때 개개비 한 마리가 갈대를 잡고 풀 위쪽으로 올라와 울기 시작했다. 와! 저기 있다! 엄청나게 작고 소중한 개개비! 그런데 맙소사. 눈으로도 쌍안경으로도 분명히 개개비가 저기 있는 게 보이는데, 카메라로 찾는 게 어려워도 너무 어려웠다. 망원렌즈 때문이다. 줌아웃을 했다가 다시 줌인을 해봐도 개개비를 찾고 초점을 맞추는 게 쉽지 않다. 아까부터 계속 울고 있었던 녀석이라 이제 곧 날아갈 텐데. 날아가기 전에 한 컷 담아보고 싶은데.

"어떡해! 왜 안 돼, 아!"

연신 탄식을 뱉으며 발만 동동 구르는 내 옆으로 남편이 다가왔다.

"쒀봐."

남편은 내 카메라를 영차 받아 들더니 뷰파인더에 눈을 맞췄다.

"보여?"

"응."

대답 이후 조용해지더니 남편은 딱 두 컷을 찍었다. 입을 앙다물고 가만히 있는 모습 한 장과, 입을 한껏 벌린 채 울고 있는 모습 한 장. LCD 화면을 확인한 나는 속이 다 시원해졌다. 아니, 근데… 왜 내가 하면 안 되는 걸 당신은….

몸은 작지만 개개비는 용맹하게 울어댔다. 드넓은 유수지 안 깊은 풀숲에서 암컷을 찾다 아무런 반응이 없자 천적에게 노출될 수도 있는 위협을 무릅쓰고 갈대 위쪽으로 올라온 것 같았다. 내 손바닥의 반도 안 되는 작은 생명체가 사랑을 위해 이렇게 멋진 행동을 하다니! 개개비 너는 로맨티시스트야?

후투티,
네가 왜
거기서 나와…?

만약 내가 디즈니나 픽사의 애니메이터라면 당장 다음 작품 주인공으로 참고하고 싶을 정도로 독특한 외모를 가진 새들이 몇 있다. 깃털 색이 화려하거나 부리 모양이 예사롭지 않으면 그 느낌은 더욱 배가 되는데, 그중 1순위는 단연 후투티다.

여름철새이자 텃새인 후투티는 '인디언 추장 새'라는 별명을 가지고 있는 만큼 머리에 길고 화려한 장식깃을 가지고 있다. 상황에 따라 그 깃을 접었다 폈다 하는데, 접었을 때의 모습은 순한 눈망울이 돋보이고, 펼쳤을 때는 근엄하면서도 진지한 추장의 모습이 연상된다.

후투티는 유럽 중남부에서 러시아 극동, 중국과 한국, 아프리카, 소아시아, 인도 등에 분포한다. 국내에서 흔히 볼 수 있는 여름철새이자 나그네새인데 요즘은 기후 위기로 인해 겨울에도 관찰되는 개체가 늘고 있다. 보통은 3월 초순 도래해 번식하고, 9월 하순까지 볼 수 있다. 넓은 농경지나, 들판, 과수원, 하천 변 등 개방된 환경에서 서식하고, 이곳저곳을 걸어 다니며 긴 부리로 흙 속에 숨은 벌레나 곤충을 찾아 먹는다.

안타까운 것은 2년 내내 여름 동안 후투티를 찾아다녔는데, 정작 후투티를 처음 본 계절은 그다음 해 초봄이었다. 정확히 3월 2일, 남편의 생일을 기념 삼아 함께 떠난 탐조지에서 일정을 마무리하고 차로 복귀하던 우리의 눈앞으로 빠르게 새 한 마리가 날아갔는데, 동체시력이 좋은 남편이 꽁지깃에서 여러 개의 흰 줄을 봤다는 것이다.

여러 개의 흰 줄…. 버퍼링이 한참인 머릿속으로 '설마?' 하는 생각이 스쳤다. 놀란 남편이 말을 다 잇지 못하고 소리쳤다.

"후, 후… 후…!"

우리는 두 눈으로 보고 있으면서도 믿지 못했다. 초봄에 도래한다는 것을 알고는 있었지만 이렇게까지 초봄일 줄이야. 게다가 날이 아직 추워서 우리는 롱 패딩을 벗지 못했는데. 네가 왜 거기서 나와…?

후투티는 철로 된 담장을 넘어 옆 공원 나무 사이 바닥에 앉아 먹을 것을 찾고 있었다. 도감이나 사진에서 봐온 모습

그대로 길고 휘어진 부리와 화려한 머리 깃을 가지고 있었다.

그동안 탐조 카페나 커뮤니티에는 늦가을이나 초겨울에도 후투티를 봤다는 후기가 종종 전해졌다. 월동하는 개체도 있고, 이제는 거의 텃새가 다 되었다고들 하던데. 반가운 마음보다 미안한 마음이 먼저 들었다. 부디 다음에는 한여름에 파릇파릇한 풀밭에서 다시 만나자, 후투티야!

●몇 달 뒤 초여름, 다시 만난 후투티.
근처 나무 구멍으로 날아간 것으로 봐서는
이곳에서 번식하려나 보다.

책등에 그려진
의문의
새

ㅡ

　나에게는 총 세 권의 새 도감이 있다. 탐조를 즐기는 다른 이들도 여러 권씩 도감을 구비하는지는 모르겠으나, 내가 도감 유목민이 된 데에는 나름의 사연이 있다.

　맨 처음 샀던 도감은 새들의 특성 중 가장 중요한 핵심만을 골라 요약했기 때문에 판형이 작고 휴대성이 좋다는 장점이 있다. 다만 사진이 아닌 그림으로만 이루어진 도감이라는 점이 다소 아쉬웠는데, 원색 세밀화로 표현했다고는 하지만 실제 새들과 비교해 보면 색감 차이가 느껴지는 종들이 여럿 있었다.

　두 번째로 구매한 도감은 첫 번째 도감에서 느낀 갈증을 해소해주었다. 판형이 가로로 조금 더 커지기는 했으나 두께 면에서는 차이가 없어 여전히 들고 다니기에 무리가 없고, 사진이 크게 들어가 있어서 보기에도 시원시원하다. 특히 날개깃이나 얼굴, 목 등 주목할 만한 특징이 있는 부위에 화살표로 체크해놓아 동정할 때도 눈에 더 잘 들어와서 만족스러웠다.

이쯤에서 소비 여정을 마무리하려 했으나, 얼마 전 조류 도감의 끝판왕인 책을 발견해 세 번째 도감을 집으로 모셔 올 수밖에 없었다. 마지막으로 구매한 이 도감은 간략한 정보가 아닌 거의 모든 지식을 담고 있다는 것이 강점이다. 백과사전처럼 두꺼운 양장본으로 사진도 여러 장 수록되어 있어 새들을 혼동할 여지가 없고, 보급판과 소장판 두 종류를 출시해 독자로 하여금 선택하게 한다는 것 역시 마음에 들었다. 나는 들고 다닐 수 있는 판형을 이미 두 권이나 가지고 있어서 이번엔 집에서 볼 양장본으로 골랐다.

흰눈썹황금새 이야기를 하려다 보니 서론이 길었다. 어느 날 서가에 꽂힌 세 권의 도감을 한 번에 빼려다 첫 번째로 구매한 도감이 아래로 떨어졌다. 여기서 재밌는 것은 책이 눕지 않고 책입이 바닥에 닿아 마치 책이 서 있는 꼴이 되었는데, 덕분에 나는 책등 하단에 그려진 새 한 마리를 보게 되었다.

원래 저기에 그림이 있었나? 보통 책등 하단에는 출판사 표기가 되어 있어 시선이 잘 가지 않는데, 새가 그려져 있음에도 이제야 발견했다는 점이 조금 의아했다. 처음 보는 새다. 그렇다면 누구인지 정체를 밝혀라! 등이 까맣고 배가 노란색이니까 아마도 이름에 '노랑'이라는 단어가 들어가겠지? 사진을 찍어 이미지 검색을 하거나 커뮤니티에 물어보면 금방 정체를 알 수 있겠지만, 천천히 동정해가는 즐거움 역시 탐조의 매력이니 도감을 쓱 훑었다.

앞에서 후루룩, 뒤에서 한 번 더 후루룩. 첫 번째 도감에 해당 새가 없어서 두 번째 도감을 훑었다. 역시나 앞에서 후루룩, 뒤에서 한 번 더 후루룩. 그런데 책장을 너무 빨리 넘겼는지 똑같은 새의 모습이 잘 보이지 않아 이번엔 조금 더 천천히 넘겼다. 앞부분부터 한 장씩. 뒷부분에서도 한 장씩 한 번 더!

이 과정을 세 번째 도감까지 총 세 번을 했는데도 나의 눈과 머리는 노란 새를 찾아내지 못했다. 아니 무슨 도감에도 없는 미기록종을 참 예쁘게도 그려놨네? 우선은 식사를 한 뒤 다시 한번 도감을 자세히 펼쳐보기로 하고 도감들을 책상 위에 올려두었다. (절대 귀찮아서가 아니다. 단지 시간이 조금 휴식이 필요했을 뿐.)

그날 저녁, 탐조 커뮤니티에 한 장의 사진이 올라왔다. 섬 탐조 중에 작은 새를 발견했는데, 이름이 무엇인지 몰라 도움을 청한 것. 구구절절한 사연을 읽고 화면을 아래로 내려 사진을 확인한 순간! 내 귓가에 크고 맑은 종소리가 울려 퍼졌다. 낮에 찾아 헤매던 책등에 그려진 새가 여기 있다니! 무슨 운명의 데스티니도 아니고 알고리즘이 내 일거수일투족을 감시하는 것도 아닌데 마치 짜 맞춘 듯한 상황이 조금 어이없기도 하지만, 그래서 너, 이름이 뭐라고?

흰눈썹황금새는 이름 그대로 흰 눈썹을 가지고 있다. 이마부터 등과 꼬리까지 이어지는 검은 털과 대비되는 하얀 눈썹. 턱 아래부터 배까지 이어지는 털의 색은 '노랑'이 아니라 '황금'으로 불린다. 그래서 이름이 흰눈썹황금새란다. 왜 황금으로 지어졌는지는 그 주 주말에 떠난 탐조길에서 단번에 알 수 있었다.

이곳은 매년 흰눈썹황금새를 발견한 기록이 있는 장소인데, 이제껏 들어온 새들의 노래와는 차원이 다른 맑은 목소리 덕분에 도착한 지 10분 만에 흰눈썹황금새를 마주했다. 아직 새순의 색깔을 간직하고 있는 연둣빛 잎사귀 사이로 슬그머니 날아온 흰눈썹황금새는 한동안 청아한 울림으로 노래를 불렀다.

일부 새들은 부모가 자신을 낳은 장소를 잊지 않고 대를 이어 찾아와 번식하는 경향이 있다는데, 이 새 역시 기억을 거슬러 이곳을 찾아온 것이 아닐까 싶었다. 어딘가에 있을 암컷을 위해 사랑의 노래를 부르는 정성이 갸륵했는지 나무 사이

　• 두 눈으로 보고도 쉽게 믿지 못했다.
　　너무 아름다워서.

　• 가끔은 새를 만져보고 싶다는 욕심이 든다.
　　저 희고 보드라울 것 같은 굵은 눈썹은
　　꿈에서나 만져볼 수 있겠지?

로 한 줄기 햇볕이 내리쬐었다. 그리고 노란색인 줄 알았던 털이 햇빛에 반사돼 형광빛으로 반짝반짝 빛났다. 저건 분명 황금색이 맞다. 두툼한 흰 눈썹을 가진 흰눈썹황금새! 부디 좋은 짝을 만나 이곳에서 행복하기를.

chapter 3 가을

"오늘 벌어 내일 살 만큼 각박한 현실을 버티는 나로서는
목숨을 걸고 이동하는 순간에도
뒤따르는 친구를 위한다는 게 어떤 마음인지 모른다.
그저 올해도 이들이 무사히 날아와줬다는 것에 감사할 뿐."

뉴요커가
반한
'K-아름다움'

북미에서만 서식하는 파랑어치(Blue Jay)가 어느 날 갑자기 여의도 공원에 나타난다면 어떻게 될까? 아마 국내에 있는 모든 탐조인과 사진작가들이 한곳에 모이는 진풍경이 펼쳐질 듯하다. 가능성이 아예 없는 이야기는 아니다. 본래 서식지가 아닌 다른 곳에서 발견되는 새를 미조 혹은 길 잃은 새라고 한다. 태풍과 같은 기상 변화나 기타 알 수 없는 이유로 정해진 경로를 벗어나 해당 종이 찾아올 수 없는 곳에 홀연히 나타나는 것이다.

2018년 10월, 뉴욕에서도 그런 사례가 발생했다. 센트럴 파크를 발칵 뒤집어놓은 주인공은 바로 원앙! 탐조 인구가 5000만 명에 달한다는 오듀본의 나라에, 그것도 동양미가 철

철 흐르는 수컷 원앙이 나타나다니 놀라운 일이 아닐 수 없었다. 원앙은 주로 중국 동북부와 한국, 러시아 극동과 사할린, 일본 등에서 번식하는 동아시아권 서식 조류이기 때문이다.

원앙을 보러 몰린 인파는 수십만에 이르렀고, 뉴욕 타임스와 BBC, CNN까지 나서 어쩌다 원앙이 나타나게 된 것인지 추측성 보도를 이어갔다. 심지어 영화감독 케빈 슈렉은 〈The Duck of New York〉이라는 다큐멘터리를 제작할 만큼 원앙에 진심이었다. 그들 입장에선 미조를 발견했다는 상황 자체가 신기했을 것이다.

현장 인터뷰에 따르면 의문보다는 원앙의 아름다움에 감탄하는 반응이 주를 이룬다. 그도 그럴 것이 주황색, 청록색, 연한 갈색과 흰색이 오묘하게 섞인 원앙 깃털은 참 곱다. 비슷한 종으로 아메리카원앙이 있는데, 걔는 눈이 부리부리하고 어딘지 모르게 지옥에서 살아 돌아온 것만 같은 비주얼을 지녀서 내가 보기엔 비교 대상으로 어림도 없다. (어딜 감히!)

많은 이들이 잘 알고 있듯이 원앙은 천연기념물이다. 본래 우리나라에선 겨울철새였으나 1960년대 이후 설악산과 무주 구천동 계곡에서 번식 기록이 확인되었고, 지금은 텃새로 1년 내내 보이는 지역이 많다. 번식기에는 고목이 있는 산간 계류에 살지만 겨울철에는 강이나 바닷가, 저수지 등에 무리 지어 찾아온다.

얼마 전 중랑천 하류에서 200여 마리의 원앙이 느닷없이 발견되었다는 오보를 접했는데, 사실 원앙은 10여 년 전부터 매년 겨울 그 자리에 오는 것으로 확인된다. 그만큼 우리나라 사람들한테는 흔한 새인데, 바다 건너 대륙에서 한 마리로 떠들썩해진 걸 보니 괜스레 자부심이 느껴지기도 한다. 봤니? 이게 'K-아름다움'이란다.

작년 가을, 원앙을 보러 춘당지에 방문했다. 비번식기엔 암수가 비슷해 보일 정도로 큰 차이가 없는데 번식기가 되자 수컷이 화려한 깃털 옷으로 환복을 했다. 나무에도 울긋불긋 단풍이 물들었는데 원앙 수컷에게도 가을이 제대로 찾아온 것처럼 참 잘 어울렸다.

이리저리 함께 다니는 원앙 한 쌍을 보니 문득 대체 누가 원앙을 부부 금실의 아이콘으로 지정했는지 궁금해졌다. 사실 원앙은 일부다처제다. 암컷이 알을 낳고 포란이 시작되면 수컷은 다른 암컷을 찾아 금세 떠나버린다. 여기에는 몇 가지 학설이 존재하는데, 화려한 깃을 가진 수컷은 암컷보다 천적의 눈에 더 쉽게 띄고 위협을 받을 수밖에 없기 때문에 본능적으로 떠난다는 것이다.

우리 선조들은 암컷 혼자서 포란을 하고, 힘겹게 자식들을

● 같은 종이라고는 믿어지지 않는 비주얼 차이

키워내는 모습은 보지 못하고 그저 번식기에 암수가 함께 노니는 아름다운 면만 본 게 아닐까? 굉장히 흥미롭다. 나의 생각이 과거로 시간 여행을 다녀오는 동안 눈앞에 있던 원앙 수컷은 암컷에게 두 번이나 교미를 시도하고도 성에 차지 않았는지 세 번째로 암컷에게 올라타고 있었다. 하하…. 언제 죽을지 몰라서 저렇게 열심인 거구나…. 그랬구나….

원앙이 어쩌다 그 먼 뉴욕까지 가게 된 건지, 그 후 어디로 사라졌는지는 아무도 모른다. 누군가 밀반입해 키우던 개체를 처벌을 피할 목적으로 유기했을 수도 있고, 우리나라에서 정상적으로 허가받고 사육하던 무리 중 한 개체가 탈출해 정말 허리케인을 타고 미국으로 날아갔을 수도 있다. 중요한 것은, 이토록 아름다운 새가 지구상에 존재한다는 점. 국경을 넘어 모두가 감탄한 생명을 잘 보존하고, 아껴야 한다는 것이다. 한 가지 사족을 덧붙이자면, 우리나라도 탐조 문화가 더욱 발전했으면 하는 바람이다.

내년에도
후년에도
우리 또 만나기를

축축하게 수분을 머금었던 공기가 어느덧 선선해지더니 산과 들이 바삭해지는 계절이 왔다. 탐조인들은 계절이 변하는 시기를 새들로 확인한다. 날렵했던 작은 새들은 다가올 추운 겨울을 대비해 가을 초입부터 하나둘 몸을 부풀리고(이게 진짜 엄청 귀엽다), 커뮤니티와 SNS에 맹금류를 비롯한 겨울철새들이 도착했다는 소식이 들려오면, 월요일 아침부터 주말 탐조 계획을 세우게 된다.

특히 가을과 겨울은 여름보다 도래하는 철새 개체 수가 많아 눈이 즐겁고, 무성하던 잎들이 떨어지면 나무에 앉거나 움직이는 새가 더 잘 보이기까지 해서 탐조하기 정말 좋은 계절이다. 날이 시원해 뙤약볕에서 고생하지 않아도 되는 건 덤!

어느 날, 운전하던 남편이 창밖을 가리키며 말했다.

"저거 뭐지?"

남편의 손가락 끝으로 얼추 스무 마리의 새가 V 자 형태로 무리 지어 날아가는 게 보였다. 민물가마우지 떼라고 하기엔 몸과 목 부분이 더 통통했고, 날갯짓이 묵직하고 느릿한 느낌인 걸로 봐서 기러기 떼가 아닐까 싶었다.

집 근처 하천이나 호숫가에서 두어 마리씩 날아가는 흰뺨검둥오리나 청둥오리도 종종 비슷한 형태로 날지만, 저렇게 많은 숫자가 떼를 지어 다니는 것을 본 적이 없다. 게다가 새들을 발견한 위치가 장항습지 옆 도로였고, 새들이 날아간 방향은 파주 쪽이다. 습지나 농경지로 이동하는 걸까? 이번 주말 탐조는 파주다!

우리가 흔히 알고 있는 기러기는 큰기러기나 쇠기러기 등으로 이루어진 큰 무리다. 그냥 '기러기'라는 새는 없다. 간혹 개리, 큰부리큰기러기, 흰이마기러기나 흰기러기가 소수 섞여 있지만 큰기러기와 쇠기러기 개체 수가 가장 많다.

기러기류는 유라시아 대륙 북부, 툰드라 저지대에서 번식하고 9월쯤 우리나라와 중국, 일본 등으로 찾아오는 겨울철새다. 철원평야, 파주, 김포, 천수만, 금강 주변 농경지에서 월동하다가 4월이 되면 다시 북상하는데, 농경지가 많은 지역에서 흔히 볼 수 있는 겨울철새지만 최근 신도시 개발로 인해 일부 지역에서는 과거보다 수가 많이 줄었을 것으로 예상된다.

주로 먹는 것은 벼 이삭과 논에 난 잡초, 목초 등. 똥은 섬유질로 이루어져 있어서 땅을 비옥하게 하니 농민들에게도 이득이 아닐 수 없다. 경계심이 강한 편이라 목을 빳빳하게 세우고 빼서 주위를 살피기도 한다.

기러기류 무리는 연간 약 4만㎞를 비행한다. 언젠가 봤던 한 다큐멘터리 영상에서 철새들의 비행을 주제로 다룬 부분이 있었는데*, 오리과 동물들은 사회적동물이라 연대감을 중요시한다는 이야기가 생각났다. 먼 거리를 함께 다녀야 하는 경우 리더를 중심으로 V 자 형태를 만들어 비행하는데, 리더의 날갯짓은 바람에 양력을 만들어 뒤따르는 동료들이 조금 더 쉬이 날 수 있도록 돕는다고. 울음소리를 주고받으며 비행하는 것 또한 서로 안부를 확인하기 위해서라 한다. 마치 응원하는 노동요 같달까.

놀라운 점은 또 있다. 다치거나 지쳐 대열에서 이탈하는 개체가 생기면 그 하나를 포기하는 게 아니라 다른 이들도 같이

● 〈아름다운 동행 | 기러기 리더십〉, 학공세, 2019.04.19.

둥근 이마에 까만 부리.
부리 끝부분이 노란색으로 아주 조금 물들었으면 큰기러기,
이마와 부리 사이에 흰색이 있으면 쇠기러기다.
칙칙한 깃털과는 다르게 둘 다 다리와 발은 쨍한 주황색이다. 귀엽잖아!

잘 왔고, 고생했어.
많이 먹고, 편히 쉬다가 잘 가렴.
내년에도, 후년에도 우리 또 만나자. 와줘서 고마워!

쉬면서 회복될 때까지 기다린다고 한다. 오늘 벌어 내일 살 만큼 각박한 현실을 버티는 나로서는 목숨을 걸고 이동하는 순간에도 뒤따르는 친구를 위한다는 게 어떤 마음인지 모른다. 그저 올해도 이들이 무사히 날아와줬다는 것에 감사할 뿐.

해가 저무는 시간대에 도착한 파주 소재 논에서 쉬고 있는 한 무리가 눈에 들어왔다. 녀석들은 먼 길을 날아오느라 지쳤는지 바로 옆 도로에 덤프트럭이 지나다녀도 크게 동요하지 않고 논바닥에 얼굴을 묻고 식사에 집중했다. 조금이라도 방해하고 싶지 않아서 반대편 도로 구석에 차를 세운 후 더 이상 접근하지 않고 촬영했다.

곡식은 익어가고
새들은
통통해지지

최근 몇 년 동안 여름은 덥기만 한 게 아니었다. 가속화된 기후 위기 탓에 무려 54일 동안이나 장마를 기록한 해가 있었는가 하면,[•] 습한 공기 때문에 스마트워치가 내게 '혹시 수영 중이신가요?'라고 묻는 해프닝도 벌어졌다. 거대한 습식 사우나 안에서 사는 기분이었달까. 그래서인지 공처럼 동글동글해지는 새들을 보면 유독 반갑다. 가을이 오면 새들은 추운 겨울을 대비해 몸에 지방을 축적하기 때문이다. 이상 기후를 하루아침에 막을 수는 없지만, 찜통 더위에서 조금은 벗어났다는 증거니까. 버텨준 새들에게 미안하고 고마워진다.

● 〈54일 장마 끝… '찜 여름' 시작〉, 김한솔, 《경향신문》, 2020.08.16.

숲에서 만난 배 빵빵 노랑지빠귀.
날개 모양 때문에 뒷짐을 지고 있는 것 같다.

●● 쇠딱다구리는 1년 내내 볼 수 있는 텃새인데,
겨울을 대비하여 잘 먹어서인지 작은 줄무늬 공 같다.

●● 나뭇잎이 다 떨어지니 딱새 수컷이 마치 잎 같았던
늦가을의 어느 날

●● 노랑턱멧새는 검은 안대를 썼고,
비번식기엔 모히칸 헤어스타일을 고수한다.

● 붉은머리오목눈이(a.k.a 뱁새)도
공처럼 동글동글해졌다.

멋쟁이를 찾아서,
그런데
TMI를 곁들인

새 이름은 누가, 어떻게 지을까? 답을 찾는 과정으로 이어지지 않았을 뿐이지 종종 들었던 의문이다. 궁금증을 거슬러 20여 년 전으로 올라가보면 그 시작엔 '새 폴더'가 있다. 당시 CA로 불리던 방과 후 특별활동 수업 목록엔 '컴퓨터와 정보 통신 A반'이 있었고, 호기심 가득한 어린이의 시선을 사로잡는 건 지루한 한컴 타자연습이 아닌, 폴더를 생성할 때마다 나타나는 '말똥가리', '할미새사촌'과 같은 별난 이름들이었다.

하지만 호기심 대비 무언가를 파고드는 집중력은 부족했으므로 실제 말똥가리가 얼마나 멋진 맹금류인지도 모른 채 별명으로 투척해 결국 짝꿍을 울게 만들었고, 할미새사촌은 기억조차 나지 않지만 아마도 나이가 많은 할머니 사촌을 일컫는 말이겠거니 했을 것이다.

작년 가을, 한 습지에서 삑삑도요를 찾은 남편이 내게 말했다.

"어떻게 새 이름이 '삑삑'일 수가 있지? 울음소리가 삑삑인가?"

새 이름이 누구에 의해 지어지는지, 어떤 과정으로 진행되는지 이번 기회에 제대로 알아봐야겠다는 생각이 잠시 들었지만, 빠르게 걷는 녀석에게 셔터 스피드를 조정하기 바빴던 터라 성의 없이 대답했다.

"그러게, 어떻게 삑삑이네."

저질 체력을 보유한 나는 귀가하자마자 또 앓아누웠고, 며칠 뒤 그날 찍은 삑삑도요 사진을 다시 들여다보면서도 이름이 특이한 새 정도로만 기억했지, 이번에도 기억 저편으로 넘긴 질문은 실마리를 잡지 못했다.

그러던 어느 날, 뒤적이던 도감 맨 끝장에서 두 눈을 의심할 만한 이름을 발견했다. 대부분 도감은 가나다순으로 색인 목록을 제공하는데, 미음 줄에 '멋쟁이새'라는 이름이 있는 것이다. 네? 멋쟁이요? 처음엔 말도 안 된다고 생각했다. 어떻게 새 이름이 멋쟁이일 수가 있겠어.

인쇄 과정에서 일련의 오류가 일어났거나, 하루 종일 원고 마감 스트레스에 시달린 내 머리가 어떻게 됐거나 둘 중 하나가 아닐까 싶어 해당 페이지로 책장을 넘겨봤는데, 이게 웬 걸! 정말 멋쟁새이라는 새가 존재하고 있는 것이다.

그날 저녁, 퇴근한 남편은 현관에서 신발을 벗기도 전에 쏟아지는 멋쟁이새 발견 스토리를 들어야 했다.

"새 이름이 멋쟁이라니, 이게 말이 돼?"

나의 물음에 남편은 고개만 까딱까딱, 멋쟁이새라는 이름이 익숙한지 대수롭지 않게 반응했다. 당신도 이미 알고 있는 멋쟁이새를 나만 몰랐다니. 세상에나, 누가 새 이름을 멋쟁이라고 지어?

멋쟁이새라는 이름이 생기는 이유는 사실 간단하다. 연구 기관이나 특정 단체에서만 새 이름을 짓는 게 아니기 때문이다. 또 종마다 가지고 있는 역사가 다르기도 하고, 그 이름이 붙게 된 배경도 천차만별이다. 2009년 보도된 기사에 따르면[•] 새 이름은 가장 먼저 지어진 이름을 사용하고 국제적으로는 '학명'으로 통일하는데, 이는 '지방명'으로 인해 벌어질 수 있는 혼돈을 막기 위함이라고 한다.

김소월 시에 등장하는 접동새가 소쩍새인 경우가 지방명의 대표적 예시다. 만약 국적을 막론하고 여러 학자들이 한자리에 모여 함께 생물 연구를 시작했는데 누구는 새를 황로라고

• 〈새 이름 어떻게 짓나?〉, 《동아일보》, 2019.09.17.

부르고, 누구는 누른물까마귀라고 부르면 곤란하지 않을까. 학명은 국제동물명명규약에 따르되 가장 먼저 지어진 이름을 사용하도록 하는 '선취권'이 허용된다.

그럼 우리가 알고 있는 우리나라의 새 이름은 어떻게 지어진 걸까? 이에 대한 근거는 크게 여섯 가지로 나뉜다.

첫째는 올빼미, 메추라기, 갈매기처럼 조상 때부터 쭉 불린 이름을 그대로 사용하는 경우다. 자연스러운 일이다. 둘째는 넓적부리나 장다리물떼새, 뒷부리도요같이 새의 외형적 특징에 따라 붙여진 경우이다. 2009년 기준 우리나라의 새 450종 가운데 약 65%인 280여 종이 이렇게 이름 붙여졌다고 한다. (생각보다 많네.)

셋째는 뻐꾸기, 휘파람새, 뜸부기, 따오기 등 새 울음소리를 근거로 붙여진 이름들이다. 따오기가 정말 따옥따옥 하고 운다는 것은 동요 가사를 통해서도 알 수 있다. 넷째는 물수리, 바다비오리, 섬개개비 등 새가 사는 서식지를 근거로 해서 붙여진 이름이다. 깊은 산속 높은 바위에서 볼 수 있는 바위종다리도 이에 해당한다.

다섯째, 벌매, 개미잡이, 저어새처럼 식성이나 먹이를 잡는 행동에 따라 붙여진 이름! 마지막 여섯째는 제비갈매기처럼 기존에 있는 새와 유사한 외형적 특징을 보이는 경우이다. 갈매기과에 속하지만 꽁지깃이 제비와 비슷해 갈매기 앞에 제비를 붙인 것이다.

아…. 멋쟁이새를 발견하고 여기까지 와버렸는데 내 의문은 다시 원점이다. 그래서 멋쟁이새는 어쩌다 멋쟁이라는 멋진 이름을 가지게 되었을까? 국립생물자원관과 국립국어원에 문의했으나 이렇다 할 답변을 듣지 못했다. (바쁘신 분들을 붙잡고 이런 한갓진 질문이나 해댄 게 오히려 죄송스럽기도 하다.)

그렇게 멋쟁이새에 대한 단서를 끝내 찾지 못한 채 나의 덕후력이 고갈되어갈 때쯤 새 이름 유래와 어원에 대해 포스팅해 놓은 한 블로거를 찾았다. 그의 주장에 따르면, 멋쟁이새는 '생김새와 목소리가 멋있는 새이기 때문에 붙인 이름'이라 한다. 하하…. 조류의 이름이란, 생각보다 단순하게 지어지는구나. 사진으로 본 게 전부이지만 머리 아래로 이어진 다홍색 깃털을 보니 정말 멋이 있기는 하다. 자연에서 이렇게 예쁜 색이 나올 수 있다는 게 신기하고, 경이롭다.

하지만 그 멋짐을 두 눈으로 직접 확인한 게 아니므로 크게 와닿지 않는다. 이럴 땐 어떡한담? 비장한 마음으로 슬그머니 장비를 챙기기 시작했다. 이틀 전, 남산에서 찍힌 멋쟁이의 기록을 보고야 말았으니. 오늘 저녁 화두는 녀석이 이름처럼 진짜 멋쟁이라는 걸 수긍하게 됐다는 모험담이 되어야 한다!

그래서 저는 멋쟁이를 만났을까요?

언제까지고
지켜주고 싶은
마음

늦가을 공기에선 찬 냄새가 난다. 둘러맨 목도리 사이로 스며오는 바람이 제법 시린 걸 보니 곧 겨울이 도착하려는 모양이다. 핫 팩과 장갑을 챙기지 않을 수 없겠다. 이번에 갈 탐조지는 강가이고, 오랜 시간 서 있을 것을 고려해 롱 패딩까지 단단히 챙겨 입었다. 대중교통으로 이동할 수 있는 수도권이지만, 두 시간 넘게 가야 해서 아침 일찍 지하철에 몸을 실었다.

회색기가 도는 먹색 패딩을 입고 잔뜩 몸을 부풀려 의자에 앉으니 문득 한스 크리스티안 안데르센의 〈미운 오리 새끼〉가 생각났다. 하얗고 뽀얀 아기 오리들 사이로 검고 못생긴 새끼가 태어나 온갖 멸시와 따돌림을 당했는데, 아름다운 백조로 성장해 모두가 놀랐다는 이야기. 오늘 만나려고 며칠을 기대하고 고대했던 새는 바로 이 동화의 주인공, 큰고니이다.

어떤 출판사 동화책에는 흑고니와 비슷한 외형으로 묘사되어 있고, 또 다른 그림에서는 그냥 큰고니처럼 그려놔서 안데르센이 진짜로 표현하고자 했던 새가 큰고니인지 흑고니인지는 알 수 없으나 우리가 흔히 '백조'라고 알고 있는 새가 큰고니인 것만은 확실하다. 참고로 백조는 일본식 표현이다. 영문명이 Mute Swan인 흑고니는 큰고니보다 조금 더 우아한 느낌이고, 까만색 선글라스를 착용하고 있는 듯한 외모를 가지고 있기에 멀리서 봐도 확연히 차이가 난다.

큰고니는 유라시아 대륙 북부, 아이슬란드에서 번식한다. 태어난 새끼는 어미와 다르게 성조가 되기 전까지 회색빛 깃털을 가지고, 이는 자라면서 점점 옅어진다. 새로 태어난 새끼들을 데리고 가족 단위로 움직이는 큰고니는 11월 초순쯤 우리나라에 도래해 3월 하순까지 관찰되는데, 주로 동해안 석호, 천수만, 금강 하구, 낙동강 하구, 주남저수지, 그리고 하남시 팔당 등에서 볼 수 있다.

초식성 조류인 큰고니는 호수나 강바닥 아래 풀뿌리와 줄기 등을 먹는다. 그중에서도 '새섬매자기'라는 여러해살이풀을 좋아하는데, 신기하게도 뿌리에서 고구마 맛이 난다고 한다. 큰고니는 천연기념물 201-1호이자 멸종위기야생생물 II

●● 큰고니
●● 혹고니

급인지라 개체 수 보호를 위해 여러 단체에서 주기적으로 고구마 채를 급여하는 봉사활동을 진행한다고 들었는데, 거기서 괜히 고구마를 주는 게 아니었나 보다. 역시 인간이나 동물이나 탄수화물만큼 고칼로리인 게 없지.

탐조지에 다다르니 큰고니의 울음소리가 들려왔다. 히잉히잉! 같은 오리과인 기러기류와는 또 다른 음색. 가만히 듣고 있으면 어린아이가 낑낑거리며 보채는 듯해서 오구오구 달래며 안아주고 싶기까지 하다. 큰고니를 품에 안는다니. 순간 흰 깃털에서 느낄 수 있는 포근포근하고 부드러운 촉감이 상상됐다. 몸길이가 약 1.5m, 윙스팬*이 2m가 넘는 대형 조류인데…. 잠깐, 그럼 내가 안는 게 아니라 안기는 건가? 날개를 다 펴고 흔드는 큰고니를 볼 때마다 충분히 가능하겠다는 망상에 빠졌다. MBTI 두 번째 항목이 N인 사람이 탐조를 하면 이렇게나 위험하다.

큰고니와 같은 대형 조류들은 작은 새들과 달리 쉽고 빠르게 날아오르지 못한다. 그래서 이륙과 착륙 시에 도움닫기를 위한 활주로가 반드시 필요하다. 강가의 다리와 같은 건축물이 때론 장애물이 되기도 해서 철새 도래지라면 건설 시 이에

● 날개를 다 펴졌을 때 날개 끝에서 반대쪽 날개 끝까지의 길이

대한 이해와 주의가 요구된다. 환경단체에서 낙동강을 횡단하는 대저대교 노선을 변경해야 한다고 주장했던 이유도 이 때문이다.

약 30년째 겨울마다 도래하는 이곳에도 어느 날 갑자기 장애물이 생긴다면, 당장 내년부터 큰고니들은 다시 오지 않을 것이다. 긴 목을 말고 강 위에 둥둥 떠서 잠을 청하는 큰고니를 보니 언제까지고 지켜주고, 계속 보고 싶은 마음이 들었다. 그래. 너는 좋은 꿈 꾸며 코 자. 싸우는 건 내가 할게.

🔅 올해 태어난 새끼를 데려온 큰고니 가족.
날 때와는 다르게 걸을 땐 천천히 아장아장 걷는다.

🔅 큰고니들은 날개를 다 펼치고 서로 싸우기도 했다.
영역 다툼을 위한 투쟁일 텐데 멀리서 지켜보는 내 눈에는
왜 이렇게 귀여운 건지.

chapter 4 겨울

"나도 꼭 내년에 다시 오겠다는 약속의 새끼손가락을
저 멀리 날아가는 새들의 날개 끝부분에 슬며시 걸어본다."

을숙도를 떠나,
다시
을숙도로

부산은 내게 고향과도 같은 곳이다. 졸업은 못 했지만 나는 대학원에서 영화음악을 전공했고, 스무 살부터 지금까지 팬데믹이 가장 심했던 2020년과 2021년 두 해를 제외하고 매년 10월이면 부산에 발 도장을 찍었다. 부산국제영화제에 한 번도 안 가본 시네필은 있어도, 한 번만 가본 이는 드물지 않을까. 오죽하면 남편에게 먹고살 문제만 해결된다면 당장 내년에라도 부산에 내려가 살자고 했을 정도다. 영화제가 개최된다는 이유 하나만으로도 그 도시의 모든 것들을 사랑하지 않을 수 없는데, 탐조 명소까지 있으니 정말이지 부산의 매력은 끝이 없는 게 분명하다.

12월이 시작되자마자 을숙도에 가기 위해 부산행 티켓을

끊었다. 탐조를 하기 가장 좋은 시간대는 해가 뜬 후 두어 시간과 해가 지기 전 두어 시간 남짓이라 새벽 첫 비행기를 타고 내려가 오전 골든타임에 최대한 많은 새를 보고, 식사를 한 뒤 오후 탐조를 재개해 또 새들을 보다 밤 비행기를 타고 올라올 계획이다.

겨울이라 해가 느지막이 떠서 이륙할 땐 어둠이 깔려 있었는데 착륙이 다가오자 차가운 창 너머로 뜨거운 아침 햇살이 비춘다. 비행기 아래로 보이는 바다 사이 작은 섬들과, 그보다 더 작아 점처럼 희미하게 보이는 배들, 부지런히 출항한 뱃머리에 주황빛이 물들고 있다. 을숙도에 있으면 머리 위로 비행기가 지나간다는데, 아마 나는 지금 근처 어딘가에 두둥실 떠 있는 것이겠지.

을숙도는 낙동강이 바다를 만나는 지점에 있다. 강원도 태백에서 발원해 경북 봉화를 거쳐 물줄기를 확장해온 낙동강은 수많은 모래 알갱이를 운반해 을숙도를 만들어냈다. 산의 일부였던 바위가 바람과 빗물에 부딪혀 깨지고, 서서히 깎여 모래가 되고, 유속이 느려지면서 쌓인 퇴적물이 마침내 거대한 섬이 되기까지 얼마나 많은 물살을 거쳐왔을까?

다섯 개의 작은 모래땅이 하나로 합쳐져 지금의 을숙도 형태를 갖추기까지 걸린 시간은 약 5,000년. 하지만 우리는 강이 생명을 키워낸 시간만큼 마음껏 그 자원을 소진해왔다. 동아시아와 호주를 오가는 철새 이동경로에 위치한 을숙도는 1970년대까지만 해도 국제적으로 주목받던 동양 최대의 철새 도래지였지만, 산업화와 도시개발로 인한 훼손을 피할 수는 없었다. 쓰임의 정도와 명분도 참 다양하다. 60년대 이후에는 경작을 위해, 72년부터는 분뇨처리장으로, 92년과 93년에는 준설토 적치장과 쓰레기매립장으로. 생명이라는 거대한 계급에서 인간은 늘 가장 꼭대기 지배층에 자리하고 있다.

을숙도 입구에서 이곳의 역사를 담은 안내문을 보니 비행기 탑승 전 먹고 잘 소화시킨 빵 한 쪽이 뒤늦게 가슴께에 얹히는 기분이었다. 미안하다, 내가 참.

이곳에는 총 세 개의 탐조대가 있다. 탐조대는 나무나 콘크리트를 쌓아 올린 벽에 구멍을 뚫어놓고 새들을 볼 수 있게 만들어둔 관찰대라 새들의 휴식을 방해하지 않으면서도 탐조를 즐길 수 있어서 철새 도래지엔 꼭 필요한 시설이다. 그동안 이곳저곳에서 탐조를 하며 여러 번 탐조대를 이용해봤는데, 을숙도에 있는 탐조대는 두꺼운 짚을 엮어 만든 형태라 인공 구조물이라기보다 원래부터 오래도록 있던 자연물에 가까운 형태였다. 겨울뿐 아니라 1년 내내 철새들이 들렀다 가는 곳이니 아무래도 복원 과정에서 신경을 많이 쓸 수밖에 없었을 터.

🌱 초록이 바랜 수풀과
까만 몸체를 가진 민물가마우지가
유독 대비되어 보였다.

자연을 훼손하는 일등 공신이 인간이라지만, 동시에 의지만 있다면 그것을 되돌릴 수 있는 것 또한 인간이고, 얼마든 해낼 수 있다는 생각이 든다. 물론 느리지만 꾸준히 목소리를 내는 이들이 있어 가능했을 것이다.

　탐조대 너머로 본 풍경은 아직 가을의 정취가 남아 있었다. 민물가마우지 열 마리가 강 위로 고개를 내민 나무 기둥에 앉아 날개를 말리며 쉬고 있었고, 청둥오리와 물닭들은 곱게 잘 익은 갈대숲 사이를 둥둥 떠다니고 있다.

　여유롭게 쉬고 있는 물새들의 모습을 감상하면 이상하리만치 마음이 평화로워진다. 멍 중에 최고 멍은 물새 멍인가! 아직 섬을 반도 돌아보지 못했는데 이 풍경 하나에 온 마음을 빼앗겨 한참이나 서 있었다. 조금 더 자고 싶은 욕구를 뒤로하고 새벽에 일어나 예까지 온 보상인가 보다. 배가 고픈 것도 잊었다.

　탐조대를 나와 하구 탐방 체험장 쪽으로 향하는데 어디선가 큰고니 울음소리가 들려 고개를 들어보니 머리 위로 다섯 마리가 날아가고 있었다. 지난가을 큰고니들을 봤을 땐 강가에서 쉬고 있는 모습을 관찰했기 때문에 날갯짓하는 장관은 보지 못했는데, 큰 날개를 펴고 힘차게 날아가는 것을 보게 되다니! 가슴이 벅차올라 감탄이 절로 나왔다. 마스크를 쓰고 있었는데도 시원하게 숨통이 다 트였다.

김해공항이 바로 인근에 있어 혹여 착륙 중인 비행기와 새들이 충돌하는 사고가 벌어지면 어쩌나 한편으로는 걱정이 됐는데, 고도가 달라서 큰 이슈가 없는 듯하다. 똑같이 하늘을 나는데 왜 비행기를 보면 경이롭다는 생각이 그다지 들지 않는지 의문이다.

나무가 많은 산책로에 다다르니 바로 앞 낮은 나무에서 연두색의 무언가가 희끗거렸다. 움직임을 따라 급하게 쌍안경을 눈에 대보니 동박새 한 마리가 위쪽으로 올라오는 게 보였다. 눈 주변으로 흰색 링이 보이는데, 저렇게 예쁜 눈 화장은 어디에서도 본 적이 없다. 국내에서는 남해안과 서해안 도서 지방, 해안지대에서 흔히 번식하는 텃새인데 서울이나 경기 북부 지역에서는 보기가 힘들다. 역시 따뜻한 부산에 오길 잘했어!

동박새는 무리를 이뤄 나무 위에 서식하는 곤충이나 거미를 먹고 머루, 버찌, 산딸기 등 나무 열매도 먹으며 살아간다. 제주 지역에는 동백꽃이 많아 동백 꿀을 먹는 모습도 볼 수 있다는데, 저 테니스공 같은 동박새가 빨간 동백꽃 사이에 있는 모습은 어떨까? 작은 산새 중에는 네가 미모 원 톱이다!

점심을 먹고 오후 탐조를 재개하려는데 풀숲에서 뭔가 둔

실제로 본 동박새는 너무 작았고,
귀엽다는 말로는 귀여움을 다 표현할 수 없었다.
첫 만남의 그 설렘이란….

검은 머리에 노란 부리 조합이
참 잘 어울린다.

탁한 것이 잘게 깨지는 듯한 소리가 들렸다. 어라, 이거 견과류 깨는 소리인데! 어렸을 때 엄마가 정월대보름에 호두 껍데기를 깨주던 기억이 떠올랐다. 조심스럽게 자세를 낮추고 소리의 주인공을 기다렸다. 얼마 지나지 않아 두툼하고 노란 부리를 가진 새가 나무 열매를 입에 물고 있는 게 보였다. 밀화부리다. 머리 부분이 검은색인 것으로 보아 수컷임이 분명했다.

밀화부리는 한반도를 통과하는 나그네새로 봄가을에 볼 수 있다. 4월 중순부터 5월 하순, 9월 초순부터 11월 초순 사이인데 12월 초인 지금 마주친 걸 보니 올겨울이 따뜻해 아직 떠나지 않은 소수의 개체인 것 같다. 되새과 특유의 뭉특한 부리로 씨앗이나 견과류 껍데기를 잘 깨어 먹는다. 다른 과의 소형 조류들과 비교해보면 목 부분이 얄쌍하지 않아서 머리가 유난히 커 보이는데 그게 밀화부리의 귀여움 포인트 중 하나이다. (대두다, 대두!)

경계심 많은 밀화부리는 아주 잠깐 모습을 드러냈다가 이내 나무숲 사이로 사라졌다. 짧은 만남이 아쉬워서 한 번 더 나타나주지 않을까 하고 30분을 더 기다렸는데, 식사가 끝난 것인지 그는 다시 오지 않았다. 밀화부리야, 우리는 언제 또 만날 수 있어? 괜히 허공에 작은 혼잣말로 질척거려본다.

좋아하는 무언가에 집중하고 있으면 유난히 시간이 빨리

흘러간다. 낙조정과 호수 습지를 아직 다 못 둘러봤는데 벌써 해가 저물고 있다. 을숙도를 벗어나 더 멀리 먹이 활동을 나갔던 새들이 하나둘 습지로 돌아오고 있다. 자주 보던 새들의 퇴근길이어도 도심이 아니라 지방의 도래지에서 보니 감동이 몇 배는 치솟는다. 공항으로 돌아가야 하는 게 이렇게 아쉬울 수가 있나.

오늘 하루도 새들을 한껏 볼 수 있어서 참 행복했지만 동시에 그 행복이 매일 지속되지 않아서 자꾸만 더 함께하고픈 욕심이 든다. 가능하다면 말년엔 도래지 근처에 작은 집을 하나 짓고, 새들의 안부를 묻는 삶을 살고 싶다. 집 앞에서 작년에 본 새를 올해 또 보고, 내년에 다시금 재회하기를 기다리는 것은 어떤 마음일까.

을숙도를 떠나, 다시 을숙도로. 나도 꼭 내년에 다시 오겠다는 약속의 새끼손가락을 저 멀리 날아가는 새들의 날개 끝 부분에 슬며시 걸어본다.

독수리식당에서
만난
초대형 맹금류

추운 날씨에 며칠 탐조를 다녔더니 기어이 몸이 고장 나고 말았다. 겨울이 시작되자마자 눈만 내놓고 얼굴을 다 가려주는 방한모자와, 장시간 바람을 맞아도 끄떡없는 신발까지 갖춰놨는데도 감기는 피해 가지 못하나 보다.

어제는 코끝이 싸한 느낌이 들더니 오늘은 재채기를 신나게 이어 한다. 못 견딜 정도로 아프진 않지만, 장시간 밖에 있기엔 몸이 버티지 못할 것 같아 주말 탐조를 건너뛰려던 참인데, 남편이 감기가 다 나으면 독수리식당에 가보자고 했다. 역시 탐조인에게 탐조 계획은 에너지 부스터인가! 독수리식당 이야기를 듣는 순간 신기하게도 몸이 개운해졌다.

전국 7개 지점을 보유한 독수리식당은 몽골에서 3,000㎞를 날아온 어린 독수리들에게 맛있는 한 끼를 주기적으로 제공하는 곳이다. 영업을 하지 않는 날에도 식당 근처엔 독수리가 많아 먼발치에서도 볼 수 있다고 하니 마다할 이유가 없었다.

이번 탐조에 한 가지 명분을 덧붙이자면, 지난여름 모 브랜드에서 진행한 쌍안경 체험 행사에 참여했다가 계단에서 대차게 넘어지는 바람에 깁스를 했고, 집-병원-집-병원 코스를 무한 반복하는 사건을 겪었다. 진료실에 입장한 나를 보자마자 의사는 "한쪽도 아니고… 양 발목이 다 꺾여서 오는 경우는 드문데…." 하며 휠체어를 타는 게 어떠냐고 했다. 불행 중 다행인지 인대가 찢어질 정도의 충격은 아니었던지라 '휠체어'라는 단어가 귓가에 에코처럼 울려 퍼지는 정신적인 충격만 받았다.

하지만 나는 발목보다 다른 곳이 더 아팠다. 다른 탐조인에게 청량하고 예쁜 여름새들을 봤다는 소식을 들을 때마다 마음이 아리다 못해 쓰리기까지 했다. 나도 애니메이션에서 튀어나온 것처럼 생긴 호반새를 보고 싶은데! 나도 탐조할 줄 아는데! 그러니 겨울에라도 많은 새를 봐야 억울함이 풀릴 게 아닌가. 겨우 이 정도 인플루엔자에 무력해질 수 없다.

독수리는 세계자연보전연맹 적색자료목록에 준위협종으로 분류된 국제 보호조다. 우리나라에서는 천연기념물이자 멸종위기야생생물 II급이다. 국내에 찾아오는 수리과 조류 중 가장 몸체가 큰 새로, 몸길이는 최대 1.5m에 달한다. 유럽 남부, 중앙아시아, 티베트, 몽골, 중국 북동부 등에서 서식하며 우리나라에 오는 개체들은 주로 몽골에서 오는 것으로 알려져 있는데, 11월 중순 도래해 3월 중순까지 머무른다.

새를 잘 모르는 이들은 독수리가 사냥할 것이라 생각하지만, 사실 독수리는 사냥 능력이 없고 동물의 사체를 먹으며 살아간다. 사냥을 하는 수리과에 속한 다른 조류들은 'eagle'이라 불리고, '독수리'라는 이름을 가진 조류는 'vulture'이다. 둘 다 육식을 하는 맹금류로 부리와 발톱이 날카롭지만, 생존 개념인 사냥의 여부로 종이 분류된 것이다. ('vulture'의 사전적 의미 역시 남의 불행을 이용해먹는 자를 뜻한다.)

외형을 구분하는 데에 있어 가장 큰 차이점은 머리 부분에 난 털의 유무이다. 독수리 이름 중 한자 '독(禿)'은 귀엽게도 대머리라는 뜻이다. 야생의 청소부 역할을 하는 독수리는 사체의 내장을 파먹기 위해 진화했기 때문에 머리털이 거의 없는 편이다.

그런데 독수리들은 먼 길을 날아와서도 편히 쉬지 못한다. 누군가 의도적으로 뿌려놓은 농약을 먹고 중독된 독수리들을 구조했다는 뉴스가 매년 한 번은 꼭 보도된다. 눈도 크고, 몸도 큰 조류계의 왕. 왕왕 귀여운 독수리가 힘없이 누워 눈만

●● 독수리는 이마에 털이 없고,
뒤통수 아래부터 털이 있어서 마치 퍼 코트를 두른 듯하다.
날지 않고 논 한가운데를 성큼성큼 걷는 모습이
흡사 알라딘의 바지를 입은 것 같았다.

●● 독수리를 실제로 보기 전에는
큰 몸체 때문에 무섭지 않을까 했는데
무섭기는커녕 이토록 귀여운 존재라니.
동그랗고 까만 눈망울을 잊을 수 없다.

끔뻑끔뻑 뜨고 있는 모습을 보면, 얼마 남지 않은 인류애가 또 한 번 차게 식는다.

동물의 사체를 그냥 두면 박테리아가 생기고, 이는 또 다른 바이러스로 변이될 위험이 있다. 박테리아를 소화하는 능력이 있는 독수리들에게 들판을 청소해줘서 고맙다고 매일 감사 인사를 해도 모자랄 판에 공격이라니. 환경부에서 고의적인 농약 살포 행위에 대한 처벌 내용을 적극적으로 알리겠다고 강조했지만, 가해자는 여전히 잘 있는 모양이다.

점심쯤 도착한 독수리식당엔 30여 마리 되는 독수리가 쉬고 있었다. 논둑에 앉기도, 볏짚 위에서 잠을 청하기도 하는데 용감한 것인지 제 몸의 열 배 남짓 큰 독수리에게 겁도 없이 시비를 거는 까마귀와 까치가 있다. 작은 녀석들 장난질이 익숙한지, 아니면 너그러운 것인지 독수리는 아랑곳하지 않다가 이내 귀찮아지면 날지 않고 느릿느릿 걸어 움직였다.

임진강생태보존회에서 운영하는 파주 독수리식당은 11월부터 3월까지 운영된다. 시민들의 후원으로 먹잇값을 마련하고, 급여하는 날에는 멀리 떨어진 곳에 가림막을 설치해두고 이곳을 탐조객에게 개방한다. 독수리들은 안전하게 배를 채우고, 우리는 거리를 두고 귀한 모습을 볼 수 있으니 둘 다 행복한 식당이다. 부디 올해는 독수리들이 무사하기를!

첫 크리스마스 탐조,
근데
조복은요?

오래전 북미에서는 크리스마스 시즌이면 지인들과 모여 새와 야생동물을 사냥하는 연례행사가 있었다. 사이드 헌트라는 이 문화는 18세기 후반부터 19세기 초까지 이어졌는데, 상금과 명예를 내걸고 동물을 얼마나 많이 죽였는지 경쟁해 그해 승자를 정한다.

아무리 하나의 문화라지만 새를 사랑하는 입장에서는 차마 눈 뜨고 보기 힘들었던 걸까. 조류학자 프랭크 M. 채프먼은 어느 날 사냥 대신 새의 수를 세어보자는 제안을 한다. 단, 승자가 누릴 수 있는 상금과 명예는 그대로 두고 말이다. 그해 크리스마스 미국과 캐나다 25개 지역에선 90종, 총 1만 8,500마리의 새를 집계했다. 손에는 총 대신 쌍안경을, 살아있는 생명에겐 죽음 대신 기록을! 오늘날까지 이어지는 크리스마스 탐조의 유래이다.

물론 크리스마스가 아니어도 빅 버드 레이스, 혹은 버드 페스트라는 이름으로 세계 곳곳에서 계절을 불문하고 탐조 대회를 개최하지만, 날이 날이니만큼 크리스마스가 주는 특별함은 탐조인을 더욱 설레게 만든다.

크리스마스 일주일 전, 나는 경기도의 한 야산에 수리부엉이가 서식하고 있다는 카더라 정보를 입수했다. 몇 년 전 인근 다른 지역에서도 수리부엉이의 서식이 확인됐는데, 발 빠른 사진가들이 너무 많이 몰려 그때는 가고 싶었지만 일부러 가지 않았다. 이번엔 육추를 하는 시기도 아니고, 낮에 등산 겸 조용히 가서 지나가는 척 아주 잠깐 보고 온다면 괜찮지 않을까 싶어 크리스마스가 오기만을 손꼽아 기다렸다. 나는 다양한 종이 아니라 한 우물만 파겠어. 산타 할아버지! 산은 적당히 타고 수리부엉이 보게 해주세요!

해발고도가 100m 정도인 얕은 산이라 20분도 안 돼서 정상에 도착한다더니, 이상하게도 30분이 넘도록 정상이 보이지 않았다. 계속 같은 자리만 도는 느낌이라고나 할까. 이곳은 전쟁 시 군사시설로 이용되는 산이라 곳곳에 참호가 구축되어 있었는데, 이 때문인지 입산이 가능함에도 찾는 등산객

이 많지 않았다. 길을 따라 나뭇잎이 잔뜩 깔려 있었고, 걸을 때마다 자꾸만 다리가 푹푹 빠져서 체력이 예상보다 빠르게 소모되었다.

여기 어디쯤 바위가 보여야 하는데. 바위 위에 수리부엉이가 있다고 했는데. 보이라는 바위는 안 보이고 눈앞에 나무만 가득해서 길을 잃은 기분이었다. 다시 내려가서 중간에 샛길로 빠져볼까? 오후 2시쯤 초입에 도착했는데 이 길 저 길을 헤매다 결국 4시가 넘었다. 겨울이라 해가 빨리 질 텐데. 이러다 조난을 당하는 게 아닌가 하는 무서움이 목뒤를 감쌌다. 어디선가 낙엽 밟는 소리가 들려 쳐다보면 아무도 없고, 간간이 딱다구리의 드러밍까지 들려서 공포영화 한 편을 찍는 듯했다. 여보… 나 무서워….

앞서가던 남편은 나의 속마음을 들었는지 괜히 욕심 내지 말고 하산하자며 콧물 범벅에 울기 직전인 나를 설득했다.

"아… 안 돼. 나 오늘 수리부엉이 보려고 다른 새는 카운팅 안 했단 말야."

하지만 배도 점점 고파오고, 이대로 계속 산을 헤매다 진짜 조난이라도 하면 내일 아침 뉴스 대미를 장식할 게 뻔하기에 다음을 기약하고 발길을 돌렸다. 불철주야 고생하시는 소방관분들에게 민폐를 끼칠 수 없지.

그렇게 나는 원대한 꿈을 산 중턱에 놓고 터덜터덜 내려왔다. 역시 크리스마스 탐조는 아무나 도전하는 게 아니군. 아쉬운 마음을 안고 차를 세워둔 주차장으로 향하는데, 어디선가 하얀 새 한 마리가 포로롱 날아와 바로 옆 나무에 앉았다. 하얀 설탕을 넣고 빚어낸 듯한 솜사탕 같은 몸, 작은 얼굴 안에 점처럼 찍힌 까만 눈, 이 세상 악한 것은 하나도 모른다는 순박한 표정까지. 그동안 상품 캐릭터로 숱하게 봐왔던 비주얼. 아니… 너는!

오목눈이 아종인 흰머리오목눈이.
드물게 관찰되는 겨울철새로
오목눈이와 다르게 머리에 까만 줄이 없는 흰 머리이다.
차가운 바람 사이로 들어오는 한 줄기 햇살을
잠시 즐기다가 떠난 흰머리오목눈이!
세상에나. 크리스마스 조복 제대로 챙겼네?

1월 1일,
새해 첫 탐조는
흑두루미

탐조를 하다 보면 종종 말도 안 되는 풍광과 마주한다. 끝도 없이 펼쳐진 농경지 사이로 서서히 떠오르는 아침 해라든지, 낙조를 이부자리 삼아 고요하게 잠을 청하는 호수의 모습이라든지, 계절이 변할 때마다 총천연색 물감을 한껏 머금은 산과 들도 그렇다.

자연 속에 늘 새가 있으니 어찌 보면 당연한 이야기지만, 일정한 사이클에 맞게 생명을 틔워내고 이내 지는 경관은 보고 또 봐도 질리지가 않는다. 여름철 무성히 자라난 습지에 바람이 스쳐 일렁이는 물결이 어찌나 감동이던지. 가을 추수를 기다리는 황금 들녘과 반짝이는 벼는 또 어떻고. 겨울철 얼어붙은 호수 위 고요하게 쌓이는 눈은 말할 것도 없다.

그저 새를 보기 위해 출발한 길에서 나는 새들로 인해 항상 위로를 받았다. 심지어는 조복이 따라주지 않아 목표했던 종을 보지 못한 날도, 종일 걸어서 체력이 바닥난 날에도 자연의 모습은 항상 진한 교훈으로 남는다.

기억에 오래도록 남을 또 하나의 장면을 본 것은 올해 초 천수만에서였다. 천수만은 시베리아 혹은 만주 등에서 동남아시아를 오가는 철새들의 주요 이동경로에 위치해 있기 때문에 시기만 잘 맞춰 간다면 수만 마리의 기러기류와 흑두루미를 만날 수 있는 세계적인 철새 도래지다. 그동안 이곳저곳에서 겨울철새들을 만나왔지만, 모두 10여 마리 정도의 작은 무리였고 수백 혹은 수천 단위로 움직이는 거대한 무리는 보지 못했다.

천수만에 가면 논 가득 빼곡하게 앉아 있는 이들을 만날 수 있을 거란 생각이 강하게 들었을 때쯤, 수만에 이르는 흑두루미가 순천만국가정원에 집결해 있다는 기사가 나의 SNS에 알고리즘을 타고 도배됐다. 천수만이 아니라 순천만을 가야 하나 잠시 고민했지만, 어차피 순천만에서 쉬던 이들이 3월쯤 북상하며 천수만에 들른다는 것을 알고 있었고, 간월도의 굴밥 맛이 궁금하다는 남편 얘기에 귀까지 펄럭였던 터라 북상 전에 일부가 먼저 천수만에 가 있거나(실제로 그럴 가능성은 희

박하다), 못해도 두어 마리쯤은 볼 수 있을 거라 자만했다.

몇 번만 검색해보고, 자료를 찾아보면 할 수 없는 생각이었을 텐데 천수만에 제대로 꽂힌 나의 머릿속엔 이번 탐조는 대성공이라는 행복의 회로를 돌리고 있었다. 왠지 공릉천에서의 일이 떠오른다. 역시 무식하면 용감한 게 맞다니까.

12월 31일 오후 2시, A 지구 초입

미국에 옥수수밭이 있다면 한국엔 천수만이 있다고나 할까. 과장이 아니다. 방문 기록을 작성하고 들어선 순간 나는 끝도 없이 펼쳐진 농경지의 모습에 쉽게 입을 다물지 못했다. 우리나라 최대의 간척지라 넓다고 듣긴 했지만 이렇게까지 넓을 줄이야. 총면적 9,626㏊는 머릿속으로 가늠할 수 있는 수준이 아니었다.

30분이 넘도록 달린 것 같은데 아직도 A 지구의 끝이 보이지 않는다. 게다가 탐조 난이도는 극상. 찻길 바로 옆 논둑까지 올라와 쉬는 새들이 많아 운전에 속도를 낼 수 없다. 적당한 곳에 차를 세우고 내려서 천천히 걸어볼까 싶었지만 그럴 수도 없었다. 맞은편에서 시동을 끄고 내리는 관광객을 봤는데, 문 닫는 소리에 놀라 휴식을 취하던 기러기류 한 무리가 날아올랐다. 파주에서 만났던 큰기러기와 쇠기러기는 덤프트럭이 지나가도 개의치 않는 모습이었는데, 이곳의 새들은 예민함의 극

치를 보여줬다. 같은 종이라고 해도 환경에 따라 민감도가 다르다는 것을 굳이 누가 얘기해주지 않아도 알 수 있었다.

앗, 그리고 보니 방금 어렴풋이 머리가 하얀 새 한 마리를 본 것 같은데. 이동 중 어쩌다 무리에 섞여 들어 여기까지 오게 된 미조일까? 아니면 도감에도 기록되지 않은 루시즘 개체? 자세히 확인할 길이 없어서 아주 미칠 노릇이다. 이 와중에 흑두루미는 그 어디에도 보이지 않았다.

오후 4시, 제3 탐조대

겨우겨우 돌다 내비게이션 앱에도 나오지 않는 탐조대를 찾았다. '3 탐조대'라고 쓰인 안내문을 보니 1과 2가 더 있다는 것인데, 애석하게도 문에는 자물쇠가 걸려 있다. 안내문에는 설치 목적과 관리처의 전화번호까지 적혀 있었다. 여기까지 와서야 어렵사리 차를 세우고, 신중에 신중을 기여하며 문을 열고 내렸는데 이대로 돌아갈 수 없다. 전화를 받아다오. 오늘 탐조대를 개방할 수 없다면 내일이라도 개방한다고 말해주기를. 하지만 서너 차례 걸어도 통화대기음만 이어질 뿐 아무도 응답하지 않았다.

한가로이 새들을 보며 탐조로 한 해를 마무리하는 삶. 남편과 올해도 잘 살아냈다며 서로를 다독이며 멋지게 마무리할 수 있을 줄 알았는데, 엎친 데 덮친 격으로 빗방울까지 떨어진다. 하늘이 흐린데 기온도 영하권이라 이러다 진눈깨비가 될 것 같다. 와… 오늘 탐조 정말 쉽지 않구나.

오후 5시, 다시 A 지구 초입

왔던 길을 다시 되돌아 A 지구 밖으로 나가려는데, 초소 관리인이 차를 세우라고 손짓했다. 그는 한 손에 커다란 스프레이건을 들고 허리를 숙이더니 차바퀴에 소독약을 뿌렸다. AI가 터진 시기는 아니지만 혹시 모를 바이러스의 확산을 막고자 함이라고. 언젠가 도래지에 방문했을 때 들었던, 신발 바닥도 소독하면 좋다는 이야기가 떠올라 가방에 넣어뒀던 휴대용 소독수를 꺼내 신발 바닥에도 야무지게 뿌려줬다.

그런데 혹시 내가 모르는 사이에 흑두루미의 DNA가 묻진 않았을까? 그렇다면 이동경로를 추적할 수 있지 않을까? 흑두루미는 가금류가 아니어서 고병원성 인플루엔자 숙주 대상이 아니고, DNA 추적을 한들 이동경로와는 아무런 연관이 없는데, 대체 이게 무슨 의식의 흐름이란 말인가. 흑두루미에게 묻고 싶다. 우리 언제 만나?

오후 11시, 숙소

저녁을 먹고 들어와 잠깐만 누웠다가 씻는다는 게 깜빡 졸았다. 여기서 웃긴 것은 남편에게 내일 기상 시간을 물어봤고, 대답을 듣기 전에 선잠이 들었는데 그 짧은 새에 꿈을 꾸었고, 흑두루미가 나왔다는 것이다. 핸드폰을 보던 남편은 갑자기 펑 하는 소리와 함께 흑두루미로 변하더니 "내일 만나!"라는 말을 남기고는 긴 다리로 총총총 걸어 창문을 열고 밖으로 나갔다.

이게 뭐지? 탐조하는 꿈을 여러 번 꾸긴 했어도 직접적으로 새가 등장한 것은 처음이다. 현실성이 떨어지는 스토리인데 꿈속의 흑두루미는 너무도 생생했다. 도감에서 봤던 것처럼 빨간 눈망울을 가졌고 목은 하얗고 몸부터 꼬리 깃털까지는 짙은 회색빛이었다. 아무래도 내일은 일찍 나서야겠다. 이건 계시임이 틀림없어.

1월 1일 오전 7시, A 지구

망했다. 여섯 개나 맞춰둔 알람을 잠결에 꺼버렸는지 아예 듣지도 못했고, 6시 반에 힘겹게 눈을 떠 부리나케 짐을 챙기고 나왔다. 겨울이라 아직 어둑어둑한 하늘 위로 출근하는 기러기 떼가 V 자 형태로 날아갔다. 난 아직도 잠이 덜 깼는데 어쩜 저리도 부지런한지.

자꾸 눈이 감겨서 마른세수로 얼굴을 비비는데 운전하는 남편도 피곤한지 옆에서 연신 하품을 한다. 어젯밤 꿈에서 본인이 롱다리 흑두루미로 변했다는 이야기를 해주면 정신이라도 맑아지지 않을까 싶어 입을 떼려는 순간, 남편이 급하게 차를 세우더니 말했다.

"저거 흑두루미 아냐?"

"걔는 어제 꿈에 나…."

"아니, 저기 보라고."

창밖을 가리키는 남편의 얼굴 너머로 시선을 고정하자, 그곳에는 꿈에서 만난 흑두루미와 머리끝부터 발끝까지 똑 닮은 새가 서 있었다. 환영을 본 게 아니라 정말 흑두루미였다. 내일 만나자더니 그게 농담이 아니었구나. 어이가 없어서 헛웃음이 나왔다. 논바닥에 부리를 박고 낙곡을 주워 먹는 흑두루미 너머로 이제야 반가운 새 해가 뜬다. 우리는 오늘 만났다.

🐦 몸체가 크지 않아서
하마터면 못 알아볼 뻔했다.

🐦 앞에 있는 녀석은 식사하지 않고
보초를 서는 걸로 봐서 가족인 듯했다.

작은 너의
날갯짓
소리

⌣

　겨울은 탐조하기 좋은 계절이면서 동시에 버드 피딩 시즌
이다. 날이 따뜻한 봄과 벌레가 많은 여름, 열매가 익는 가을
엔 먹을 것이 지천에 널려 있지만, 새들에게 겨울은 그야말로
생존과의 싸움이기 때문에 가능하다면 마실 물과 견과류 등
을 제공해 새들을 돕는 것이다.

　인간이 야생에 개입하는 게 혹여나 생태계에 악영향을 미
치지 않을까 하는 걱정은 잠시 접어두자. 새들은 우리가 생
각하는 것 이상으로 독립심이 강하기 때문에 인간이 주는
먹이에만 의존하지 않는다. 또 서양에서는 새를 위해 모이
통을 달아두는 가정이 많은데, 1997년 발표된 Kaytee Avian
Foundation 연구보고서에 따르면 미국 가정의 43%, 약 6천

500만 가구가 버드 피딩 중이라고 한다.*

우리나라에도 이와 같은 문화가 있다. 버드 피딩이라는 서양식 이름이 아닐 뿐이지 '까치밥'에 대해서는 다들 잘 알고 있지 않은가. 예로부터 자연 친화적인 우리 선조들은 주렁주렁 열린 감을 모두 따지 않고 두어 개쯤은 꼭 남겨두는 미덕을 보였다.

탐조에 입문한 후 버드 피딩은 꼭 한 번 경험해보고 싶어서 겨울이 오기만을 목이 빠져라 기다렸는데, 아파트에 살면서 새들에게 먹이를 제공한다는 것은 역시나 큰마음을 먹어야 가능했다. 여기에는 몇 가지 이유가 있는데 그중 가장 걱정이 되는 것은 새들의 배변 문제다. 보통 새들은 날기 전에 똥을 싼다. 장을 비워 몸을 가볍게 만들기 위함인데 우리 집 베란다에서 식사를 마친 새들이 아랫집 난간에 실례라도 했다가는 이웃 간의 갈등을 불러올 것이 뻔했다. 아직 임대차 계약이 끝나지 않았는데 쫓겨날 수야 없지 않은가.

다음으로 걱정되는 것은 작은 새들의 천적, 맹금이다. 지난여름, 널어놓은 빨래를 걷으러 베란다로 입장하는데 황조롱이 암컷 한 마리와 눈이 마주쳐 (서로) 화들짝 놀란 일이 있었다.

● 〈Bird Notes—from Sspsucker Woods〉, Cornell Lab of Ornithology

아파트 베란다 틈이나 실외기 주변에도 둥지를 틀 만큼 도심에 잘 적응하는 맹금류라 들었는데 보금자리로 적합한 후보군을 찾고 있던 걸까. 녀석은 꽤 오랫동안 난간에 앉아 나를 보고 고개를 갸웃거리다 날아갔다.

그 이후로 자주 찾아오지는 않았지만, 만약 식사 중인 작은 새들을 덮치기라도 한다면… 그저 자연의 섭리라고 생각하기엔 밀려오는 죄책감을 떨칠 수 없을 것 같다. 잘 차린 밥상에 차별을 두고 싶지는 않지만, 그렇다고 황조롱이를 위한 뷔페를 차리려는 건 아니니까.

새들의 먹방 쇼를 안방 1열에서 편히 감상할 수는 없지만, 자연 속에서 버드 피딩을 할 수 있는 안전한 장소를 찾는다면 어떨까? 다행히도 집에서 그리 멀지 않은 곳에 버드 피딩을 허용하는 수목원이 있다고 하여 부랴부랴 짐을 챙겼다. 마침 땅콩과 마카다미아, 호두, 아몬드 등이 든 혼합 견과류를 미리 구비해뒀는데 작은 새들이 한입에 물기엔 조금 무리가 있을 것 같아 믹서기로 살짝 갈아 분태로 만들었다. 위이이잉- 짧게 돌린 믹서기 뚜껑을 열자 고소한 향이 올라와 입가에 미소가 번졌다. 부디 맛있게 먹어주었으면!

한 시간여를 달려 도착한 수목원에서는 숲 내음을 한껏 느낄 수 있었다. 인위적으로 공사를 해 조성한 수목원이지만 근처에 있는 자연림을 활용한 탓에 고사목 하나까지도 버리지 않고 자연 속에 배치해놓아 다양한 생물들을 관찰할 수 있다는 후기를 보았다. 과연 그 명성답게 초입부터 다양한 새소리를 들을 수 있었다.

우선은 수목원을 크게 한 바퀴 돌면서 새가 많을 것 같은 곳을 찾아봤다. 아무리 버드 피딩을 허용한다지만 사람이 다니는 산책로 곳곳에 견과류를 뿌려두면 새들에게 위협이 될 것 같아 인적이 드문 곳에 아주 조금만 놓아보기로 했다. 또 고양이와 같은 천적이 접근하면 안 되니 멀찍이 떨어져 지켜보다 문제가 생기면 바로 철수할 수 있게 대기를 했다. 중앙 산책로와 조금 떨어진 나무숲 사이, 잘려 나간 그루터기 위! 버드 피딩에 최적화된 곳임이 분명해 보였다. 나는 이곳에 소량의 견과류를 살포시 올려둔 후 멀찍이 떨어져 이를 관찰했다.

10분여가 흘렀을까. 곤줄박이 한 마리가 날아왔다. 아마도 주위를 경계했던 것일까. 쉽게 내려앉지 않고 근처의 작은 나뭇가지를 옮겨 다니며 배회하던 곤줄박이는 땅콩 한 조각을 물더니 그 자리에서 먹지 않고 빠르게 날아갔다. 곤줄박이가 자리를 뜨자마자 쇠박새 두 마리가 날아와 연달아 내려앉았다. 역시나 곤줄박이처럼 앉아서 먹지 않고 마음에 드는 것을 골라 물고 날아갔다.

쇠박새는 작은 덩치에 비해 욕심이 많아 보였다. 입에 한

캐러멜마키아토가 생각나는 곤줄박이

조각을 물고도 성에 차지 않았는지 두세 조각을 더 물려고 계속 시도하다 먼저 물고 있던 조각까지 놓쳐 몇 번이고 다시 무는 모습을 보였다. 내 손바닥의 반만 한 것들이 어찌 이리 귀여울까! 동네 사람들이 이 모습을 다 봐야 하는데! 호들갑을 떨다 새들이 놀라 달아날까 입을 틀어막고 조심스레 끙끙거렸다.

욕심쟁이 쇠박새가 떠나고 박새와 곤줄박이가 각각 한 마리씩 먹이터를 방문했다. 이 식당 밥 잘한다고 그새 입소문이 난 것인지 손님이 끊이질 않는다. 곤줄박이는 합석하는 손님이 마음에 안 들었는지 박새에게 날개를 펼치고 성질을 부렸다. 용감한 박새는 이에 지지 않고 경계음을 냈다. 그런데 역시나 소형 조류라 그런지 우는 소리가 작다. 삑! 삑! 깩! 녀석들에겐 살아남기 위한 피 튀기는 현장일 텐데, 지켜보는 내 눈에는 그저 귀엽기만 하다. 싸우지 말고 사이좋게 먹어, 응?

새들이 식사를 다 마친 듯해 슬그머니 일어나려는데 어디선가 곤줄박이 한 마리가 갑자기 날아오더니 내 얼굴 바로 옆으로 순식간에 스쳐 갔다. 1초도 되지 않는 그 짧은 순간 귓가에 푸르르륵! 하는 날갯짓 소리가 스쳤다. 소형 조류의 날갯짓 소리를 이렇게 가까이서 듣는 처음이다. 저 작은 몸체에서 이렇게 큰 소리가 난다니. 도요·물떼새들이 함께 무리를 이뤄 날 때와는 또 다른 소리다.

　날갯짓 소리를 인식하기 시작하니 곧 근처를 날아다니는 모든 새들의 날갯짓 소리가 더욱 선명하게 다가왔다. 나는 여기 있고, 살아 있다고 새들이 꼭 말을 건네는 것 같다. 이 넓은 세상에 인간이 내는 소음만 있는 게 아니라는 것을 온몸으로 증명하듯, 그들의 작은 날갯짓 소리는 내게 더 이상 작지 않다. 녹음해서 매일 아침 모닝콜로 듣고 싶은 마음을 겨우 억누른다.

　🐦 버드 피딩을 마치고 수목원을 나오는데,
근처에서 탐조하는 다른 분들 덕분에 운 좋게 양진이를 만났다.
눈밭 위로 진분홍빛 장미 한 송이가 피어난 것 같았다.

chapter 5

새를
사랑하는 마음으로,
다시 봄

"함께 공, 있을 존.
우리가 같이 사는 것은 정말 불가능한 일일까?
인간만 생각하다 인간을 제외한 모든 것이 사라져
언젠가 함께 공(共)이 빌 공(空)으로 바뀌어버리기 전에
그 방법을 꼭 찾고 싶다."

그저
그 순간 속에
머물고 싶지

영화 〈월터의 상상은 현실이 된다〉(2013)에는 주인공 월터만큼이나 중요한 인물이 등장한다. 그의 이름은 숀. 수많은 역사의 현장을 함께한 매거진 《라이프》의 폐간 결정과 동시에 해고 위기에 처한 월터는 다큐멘터리 사진가인 그를 만나기 위해 뉴욕에서 그린란드로, 그린란드에서 아이슬란드로, 영화 말미엔 아프가니스탄으로까지 이동한다.

비행기와 헬기, 배, 렌터카, 자전거와 스케이트보드 등 온갖 이동 수단을 다 동원하는 노력에도 불구하고 숀과의 만남은 쉬이 성사되지 않는다. 산을 넘고 물을 건너 고군분투하는 월터. 마침내 마주하게 된 숀은 월터가 자신을 찾아 헤맨 시간만큼이나 애를 쓰고 기다린 눈표범을 끝내 촬영하지 않고 이런 대사를 남긴다.

"어떤 때는 안 찍어. 아름다운 순간이 오면 카메라로 방해하고 싶지 않아. 그저 그 순간 속에 머물고 싶지."

나에게 찍는 행위는 기대 이상의 행복이었다. 사진작가가 꿈이었던 적은 없지만, 기록을 남긴다는 것은 늘 의미 있는 작업이라 믿어왔고, 언젠가 퇴사를 해도 무언가를 찍고, 관련 콘텐츠를 만드는 일로 먹고살 수 있다면 더없이 좋을 것 같아 틈틈이 다양한 장르적 촬영을 경험해왔다. (영화에는 표현되지 않았지만, 라이프 필름 현상 팀에서 무려 16년 동안이나 일해온 월터도 혹시 나와 같은 마음이었던 것은 아닐까.)

처음 탐조를 시작했을 땐 단순히 새를 찍는 게 좋았다. 운 좋게 프레임 안으로 들어온 새들을 SNS에 자랑하고, 사진을 꽤 잘 찍는다는 것을 과시하고 싶은 욕망에 셔터를 남발하는 날이 많았다. 가지고 있던 장비 역시 보급형이 아니었다. 거기다 말리지는 못할망정 내게 멱살 잡혀 이곳저곳 끌려다니길 좋아하는 남편이 어느 날 요단강에 같이 발 한번 담가보자며 상위 모델 업그레이드 계획에 동참했다. 렌즈까지 500만 원이 훌쩍 넘는 무기를 손에 들고 있으니 무서운 것이 없었다.

한 두어 달쯤 지났을까. 여느 때와 같이 촬영하는데, 나뭇가지에 앉은 쇠박새 한 마리와 눈이 마주쳤다. 음? 쟤가 지금 나를 본 건가? 집으로 돌아와 파일을 확인해보니 쇠박새는 뷰파인더 너머로 정확하게 나를 보고 있었다. 작고 귀여운 녀석과 눈이 마주쳤다니. 생각할수록 신이 나서 그 사진을 그날의 베스트 컷으로 여겼다. 역시 장비가 좋네! 돈 쓴 보람이 팍팍 느껴졌고 어깨의 힘도 같이 솟았다.

그런데 그해 겨울, 같은 일이 또 벌어졌다. 장소는 부산의 명지오션시티. 바다 위에 유유히 떠 있던 큰고니 한 마리가 나를 빤히 쳐다보고 있는 것이었다. 우연이 반복되면 우연이 아니라는데, 뭔가 이상하지 않은가? 그제야 알았다. 새들이 나를 불편해한다는 것을.

무언가를 손에 들고 있는 내 모습에 큰고니는 적잖이 당황한 것 같았다. 카메라를 내리고 가만히 있어 보니 짐작이 맞았다. 큰고니는 더 이상 나를 보지 않고 깃털 다듬는 일에 집중했다. 나의 행동을 보고 놀라 도망간 것은 아니지만 내심 부끄러웠다. 이제껏 나는 무엇을 위해서 새들의 사진을 찍었던 것일까. 나름 일정 거리를 유지하고 조심스레 지켜본다고 하지만 그마저도 인간인 나의 입장이 아닌가.

그날 이후 나는 카메라에서 셔터음을 꺼버렸다. 전자식 셔터를 지원하는 모델이라 셔터를 무음으로 두는 것이 가능했다. 렌즈에는 나뭇잎이 그려진 위장 스티커를 붙였고, 조금이라도 새들이 불편해하는 것 같으면 사진을 찍지 않고 조용히 눈으로만 보는 경우가 많아졌다. 새들과 나와의 거리가 5m가 채 되지 않는 환경이면 쌍안경조차 필요 없어서 맨눈으로 탐조가 가능했다. 찍는 행위를 자제하니 당장 내 눈앞에 있는 저 새가 현재 무엇을 하고 있는지, 깃털의 상태는 어떤지와 같은 생김새가 더욱 생생히 다가왔다. 날이 흐리면 흐린 대로, 맑으면 맑은 대로 자연과 어우러지는 새들의 모습은 사진으로 보는 것보다 훨씬 아름다웠다. 이들을 지켜보는 나의 마음까지 더욱 건강해지는 것을 느꼈다.

올해 초, 경기도 안산 소재의 한 습지에서 L 작가님을 다시 만났다. 많은 매체에서 그 일대를 관광 명소로 조명하고 있는 탓에 훼손을 우려하는 목소리도 있었지만, 습지만큼은 아직 출입에 제한을 두고 있어 다양한 철새들이 온전히 휴식을 취할 수 있었다. 잠시나마 엿본 그곳은 참 고요했고, 유유히 떠다니는 물새들의 정취에서 평온함을 느낄 수 있었다.

사진을 찍지 않아도 좋았다. 그저 그 순간 속에 머무를 수 있다는 것이 큰 기쁨이었다. 그리고 여전히 반짝이는 눈으로 새들을 바라보던 작가님의 등 뒤로, 앞으로도 올바른 사진만을 찍겠노라 작은 다짐의 약속을 드렸다. 나 역시 새를 사랑하는 마음으로.

더 이상
방관하는 어른이고
싶지 않으니까

얼마 전 한 언론사에서 불법으로 야생조류를 포획해 판매하는 상가에 잠입 취재한 기사를 보도했다.[*] 회사에서 일할 당시 옳지 않은 방법으로 생태사진을 찍는 작가들이 여럿 있다는 얘기를 들은 기억이 어렴풋이 떠올랐다.

한밤중에 사냥 나간 어미를 기다리는 새끼 부엉이에게 다가가 플래시를 터트린다든가, 육추 장면을 찍기 위해 나무의 잔가지를 다 베어내고 천적에게 고스란히 노출된 둥지를 찍는다든가 하는. 선배 기자의 말에 따르면 중국 암시장에 가서 새를 산 후 묶어두고 촬영하는 것을, 마치 자신은 재력이 있어서 가

● 〈서울 한복판서 팔리는 야생조류, '누가 사요?'〉, 이수연, 뉴스펭귄, 2024.01.16.

능하다는 식으로 자랑처럼 늘어놓는 이도 있다고 했다.

청계천 일대에서 오래전부터 야생조류를 판매해온 업체들은 아마도 법의 허술함을 잘 알고 있을 테다. 새장 속에 갇혀 있던 철새들은 '야생생물 보호 및 관리에 관한 법률 제19조'에 따라 포획이 금지된 종이지만 판매를 금지하는 규정은 없다. 포획이 금지인데 판매를 하고 있고, 이를 막을 방법이 없다니. 환장할 노릇은 또 있다. 불법 포획 증거 또한 명확하지 않아 당장 처벌할 수 없다는 것.

몸보신에 좋다는 말도 안 되는 이유로 일부 무지한 사람들이 저어새의 알을 먹던 시절이 있었다. 실제로 우리나라는 1980년대 이전까지 식용을 목적으로 희귀 야생조류를 포획하는 경우가 허다했다. 인권 문제만큼이나 동물권에 대한 이슈가 사회 곳곳에서 언급될 만큼 인식이 달라졌다 믿었는데, 아직도 정력이라면 사족을 못 쓰는 자들의 만행일까. 하지만 후속 기사를 읽을수록 선배가 한 말이 바로 어제 들은 이야기처럼 머릿속에 그려졌다.

한 제보자는 '연출사진'을 찍는 이들이 수요처일 가능성을 제시했다. 연출이라는 단어를 보자마자 숨이 턱 막혔다. 야생에서 자유롭게 살아 숨 쉬는 새들에게 그 단어는 너무도 이질적이지 않은가. 이유는 간단했다. 야생에서 새를 찍자니 조복도 따라야 하고, 근거리에서 촬영할 기회가 적다 보니 새를 사서, 폐쇄된 세트장에 가둬놓고 사진을 찍는다는 것이다.

나는 이것이 그저 추측이라고 믿었다. 누가 그랬는데, 그래서 어쨌다느니 같은 일종의 도시 괴담이라고 생각했다. 그런데 그게 사실이었다. 내가 이 인간 말종들의 흔적을 찾는 데에는 한 시간도 채 걸리지 않았다. 대놓고 영업을 하진 않는다지만 뭐가 이리 당당한 걸까. 어색하기 짝이 없는 사진들을 작품이랍시고 걸어놓고, 프로필에는 생태 사진작가라는 타이틀을 떡하니 써놓았다.

생태 사진작가라…. 어딘지도 모를 야산에서 그물망을 이용해 정기적으로 잡은 동박새와 밀화부리, 큰유리새, 물총새 등을 세트장에 가둬놓고 찍는 게 생태사진인가? 자랑스럽게 해당 세트장의 해시태그까지 걸어놓은 이들은 회당 4만 원에서 20만 원 정도의 돈을 지불하고, 꾸며놓은 하우스에서 사진을 찍는다. 누구 덕분에 다녀왔다는 둥, 매년 다녀온다는 둥, 오늘도 멋진 작품을 남겼다는 둥 함께 가실 분들은 연락 달라는 둥 글을 참 야무지게도 써놓았다. 댓글로 서로를 칭찬하고, 친목을 다지는 그들만의 리그를 보고 있자니 참담했다.

내가 지난 3년여의 시간 동안 탐조를 하며 느낀 가장 큰 기쁨은 야생에서 자유롭게 살아 숨 쉬는 새들을 잠시나마 엿보는 것이었다. 적당히 거리를 유지하고 가만히 기다리면 새들은 분명 잠깐이나마 볼 수 있는 기회를 준다. 그리고 새들도 안다. 누군가 자신을 찍고 있다고 생각하지 않을 뿐이지, 저기 서 있는 사람이 나를 해치려는 것인지 아닌지. 뭔가를 들고 서 있다는 건 확실히 인지한다.

이 기쁨과 행복을 포기하고 탐조가 힘들고 기다리는 것이 어렵다는 같잖은 이유로, 오로지 멋진 사진만을 얻기 위해 저 작은 것들의 목숨을 함부로 쥐고 있다니. 이것이 총을 든 사냥이랑 무엇이 다르단 말인가. 제대로 된 사진이 목적인 것도 아니다. 그저 사진을 찍는 자신의 모습에 심취해, 그 사진을 SNS에 올려 인기를 얻고 싶을 뿐.

그날은 너무 화가 나서 밤새 잠이 오지 않았다. 이 현실 속에서 내가 할 수 있는 게 무엇이 있을지 생각하다 혹여나 고발을 한다면 해코지를 당하지는 않을는지, 두려운 마음이 들기도 했다. 얼굴을 가리고 유튜브라도 해야 하나? 구청 환경과에서 이 얘기를 들어주지 않으면 시청으로 연락해야 하나? 만약 시청에서도 관심이 없으면? 누구에게 도와달라고 해야 하지?

다음 날 아침 탐조 중엔 초등학생 정도로 보이는 작은 친구를 한 명 만났다. 집이 근처라 이곳으로 탐조하러 자주 오는데, 놀이터와 다리 설립에 반대하는 서명을 했고, 공원 관리 측에 편지도 여러 번 보냈다고 한다. 하지만 공사는 결국 강

행됐고, 눈앞에 보이는 놀이터가 바로 그것이라고 했다. 이제까지 신이 나서 새 이야기를 하던 어린 친구의 얼굴에 시무룩한 그림자가 드리웠다.

나는 내 자신이 너무도 부끄러웠다. 이렇게 어린 친구도 생태환경 보존을 위해 할 수 있는 모든 것을 하는데, 어른인 나는 아무것도 하지 않고 그저 화만 내다 일어나지도 않은 해코지를 두려워했다. 그저 행동하면 되는데. 새를 보러 아침 일찍 이곳에 나온 것처럼, 하면 되는데.

나는 이제 무엇이든 할 것이다. 더 이상 방관하는 어른이고 싶지 않으니까.

함께 공(共)이
빌 공(空)으로
바뀌기 전에

자연 생태계에서 최상위 포식자는 누구일까. 인간은 야생동물이 아니니까 논외로 두어야 할까? 그렇다면 본래 자리하던 종이 사라진 책임은 누구에게 있을까? 나는 지구온난화와 기후 위기를 조성한 주범이 인간이라고 생각하는데, 이건 어디까지나 인간인 나의 입장이니까 동물들 이야기도 들어봐야 하는 걸까? 모든 살아 있는 생물과 대화를 나눌 수 있다면 좋을 텐데. 지구를 위해 내가 할 수 있는 일은 무엇이 있을까. 그저 쓰레기를 덜 버리고, 분리배출을 잘하고, 여러 환경개선 운동에 동참하는 방법밖에는 없는 걸까?

요즘은 이런 질문이 머릿속에서 끊이지 않는다. 그리고 여전히 뉴스를 접할 때마다 걱정이 앞선다. 어떤 해에는 두 달에 가까운 시간 동안 물에 잠겨 사는 듯 비가 내렸고, 추워야 제맛인 겨울엔 얇은 패딩 하나로 버틸 수 있을 만큼 그다지 춥지 않았다. 그리고 올해 5월엔 강원 산간에 갑자기 눈이 내렸다. 나는 그날 눈이 내리는 줄도 모르고 잠이 들었는데, 예상치 못한 눈보라 속에서 야생동물들은 어떤 밤을 보냈을까.

2023년 7월, 민물가마우지가 유해조수로 최종 지정되었을 때 나는 인간이 자연생태계에서 늘 우위에 있는 것이 분명하다고 확신했다. 어업에 지장을 준다는 것도, 산림업에 피해가 된다는 것도, 개체 수 조절이 필요하다고 주장하는 이유에도 인간이 우선순위가 아닌 경우가 없다. 참 아이러니한 것은 애초에 철새가 왜 텃새가 됐는지는 이해하는 분위기면서도 늘어난 개체 수를 다시 줄이겠다고 논하는 것 역시 결국 인간이라는 것이다.

그저 가만히 두고 어떻게든 해결되겠지 하며 구경만 하자는 것이 아니다. 민물가마우지의 개체 수가 타 조류보다 월등히 많아진 것은 사실이다. 먹이사슬에서 한쪽의 비중이 높아진다면 다른 한쪽에 영향을 미치는 것 또한 충분히 가능하다. 하지만 그렇다고 해서 혐오를 조장해 한순간에 존재를 지울 필요는 없지 않을까?

많은 언론들이 민물가마우지가 생태계를 위협한다는 기사

를 앞다퉈 보도했고, 일부 지자체에서는 민물가마우지를 잡아 오면 포상금을 지급하는 제도를 만들었다. 덕분에 나는 뭣 같은 새끼라느니, 무조건 다 죽여버려야 한다는 혐오성 댓글을 어렵지 않게 볼 수 있었다. 얼마 뒤 한 유튜버는 민물가마우지를 잡아 치킨처럼 튀겨 먹는 영상을 올렸다. 그런데 섬네일에서 들고 있던 새는 민물가마우지가 아닌 비오리로 추정된다.

새를 사랑하는 입장에서 새를 함부로 죽인다는 것을 상상만 해도 마음이 불편한데, 누군가의 잘못된 행동이 엉뚱하게도 다른 종의 목숨을 빼앗아버린 게 어처구니가 없었다. 관련 부서도 마찬가지다. 여러 생태학 박사들의 자문을 충분히 구하고, 조금 더 신중하게 가이드라인을 만들어 접근할 수는 없었을까? 개체 수 조절이 꼭 필요하다고 해도 이렇게 무분별하고 폭력적인 방식으로 이루어지는 것을 방관해서는 안 된다. 우리는 자연이 주는 모든 것들을 빠르게 소비하고 있는 만큼 공존할 방법 역시 반드시 찾아내야 한다.

몇 달 전, 모내기를 앞두고 한창 작업 중인 파주의 한 농경지를 찾았다. 아래 지방은 봄이 오는 동시에 농사 준비를 하는 반면 윗동네는 5월이나 되어야 시작한다고 들어서 내내 그날이 오기를 기다렸다. 아침 일찍 도착한 그곳에서 나는 공존이라는 것을 다시금 생각하는 시간을 가졌다.

정미소 근처로 쭉 이어지는 무논에는 마치 약속이라도 한 듯 여러 새들이 몰려들어 무언가를 기다리고 있었다. 중백로와 황로는 트랙터가 움직이는 방향을 따라 느릿느릿 함께 움직이더니 이따금씩 뛰어 오르는 민물고기와 개구리를 재빠르게 낚아채 맛있는 식사를 즐겼다. 트랙터가 갈지 못한 작은 구석은 사람이 직접 쟁기를 들고 뒤집었는데, 새들은 별다른 경계 없이 가까이 다가와 앉았다. 이 모습이 오래전부터 이어진 듯 참 익숙해 보였다.

농부는 새를 쫓지 않고, 새는 이맘때쯤 오면 먹을 것이 풍부하다는 것을 잘 알고 있다. 오래도록 보고 싶은 풍경인데, 논 반대편 강둑에선 언제 끝날지 모르는 공사가 오늘도 한창이다. 함께 공, 있을 존. 우리가 같이 사는 것은 정말 불가능한 일일까? 인간만 생각하다 인간을 제외한 모든 것이 사라져 언젠가 함께 공(共)이 빌 공(空)으로 바뀌어버리기 전에 그 방법을 꼭 찾고 싶다.

🔸 트랙터가 움직이길
얌전히 기다리고 있는 황로

🔸 월척을 낚은 중백로

닭띠도 아닌데
조복을 타고났나

새 사진은 '나이 든 어르신들이나 찍는 장르'라는 편협한 생각을 가지고 있었습니다. '탐조'라는 문화가 있다는 것도 몰랐고, 주위에서 볼 수 있는 새는 비둘기와 참새가 전부인 줄 알았습니다. 새로운 것을 잘 받아들이는 성격이지만, 그만큼 금세 흥미를 잃는 경우도 부지기수라 탐조에 처음 입문할 당시만 하더라도 얼마 못 가겠거니 했어요. 그런 저에게 새들은 너무 큰 영감을 가져다주었습니다.

탐조를 나가면 자연 속에 늘 새가 있으니 말도 안 되는 풍경을 마주하는 것은 물론이고, 자주 걷다 보니 운동도 하게 되고, 또 새들이 살아가는 서식 환경에 대한 공부는 단순히 정보를 알게 됨을 넘어 인간으로서 내가 지금 영위하고 있는 삶이 과연 옳은 것인지에 대해 한 번 더 생각하고 돌아보게 되었습니다. 그날그날 찍은 사진들은 하나의 기록이 되고, 조금씩 끄적인 글은 이렇게 인생 첫 단행본으로 탄생했습니다. 이 정도면 닭띠도 아닌데 조복을 타고난 게 확실하거나 전생에 새가 아니었을까 싶기도 합니다.

책을 집필하면서 누가 저에게 이런 질문을 했습니다. 만약 그때 L 작가님의 전시장에서 본 사진이 새가 아니라 비행기였다면, 아마 지금쯤 비덕이 되어 공항 근처를 누비고 있지 않겠냐고요. 그런데 아무리 생각해봐도 저는 인간이 철로 만든 새보단 철새가 더 좋긴 합니다.

제 글을 읽고 주변에 살고 있는 새들이 눈에 들어왔다면, 그리고 관심이 더 적극적인 행동이 되어 탐조에 입문하게 됐거나 곧 필드로 뛰어나갈 예정이라면 작은 부탁 하나를 드리고 싶습니다. 새는 피사체가 아니라 생명체입니다. 관찰도 중요하지만 그보다는 그들의 삶을 이해하고, 존중하는 시간을 보냈으면 좋겠습니다. 거리를 둔다는 것은 너무나도 쉬운 것이더라고요. 부디 소중히 대해주세요.

2024년 가을,

이연주

이 책에 함께한 새들

새 이름	영명	학명
갈매기	Common Gull	Larus canus
개개비	Oriental Reed Warbler	Acrocephalus orientalis
개리	Swan Gooes	Anser cygnoides
개미잡이	Eurasian Wryneck	Jynx torquilla
곤줄박이	Varied Tit	Sittiparus varius
까치	Oriental Magpie	Pica serica
넓적부리	Northern Shoveler	Spatula clypeata
노랑부리저어새	Eurasian Spoonbill	Platalea leucorodia
노랑지빠귀	Naumann's Thrush	Turdus naumanni
노랑턱멧새	Yellow–Throated Bunting	Emberiza elegans
독수리	Cinereous Vulture	Aegypius monachus
동박새	Warbling White–Eye	Zosterops japonicus
두루미	Red–Crowned Rane	Grus japonensis
뒷부리도요	Terek Sandpiper	Xenus cinereus
따오기	Crested Ibis	Nipponia nippon
딱새	Daurian Redstart	Phoenicurus auroreus
뜸부기	Watercock	Gallicrex cinerea
마도요	Eurasian Curlew	Numenius arquata
말똥가리	Eastern Buzzard	Buteo japonicus
멋쟁이새	Eurasian Bullfinch	Pyrrhula
메추라기	Japanese Quail	Coturnix japonica
멧비둘기	Oriental Turtle Dove	Streptopelia orientalis
물닭	Eurasian Coot	Fulica atra
물수리	Osprey	Pandion haliaetus
민물가마우지	Great Cormorant	Phalacrocorax carbo

민물도요	Dunlin	Calidris alpina
밀화부리	Chinese Grosbeak	Eophona migratoria
바다비오리	Red-Breasted Merganser	Mergus serrator
바위종다리	Alpine Accentor	Prunella collaris
박새	Japanese Tit	Parus minor
발구지	Garganey	Spatula querquedula
벌매	Crested Honey Buzzard	Pernis ptilorhynchus
붉은머리오목눈이	Vinous-Throated Parrotbill	Sinosuthora webbiana
비둘기	Rock Dove	Columba livia
비오리	Goosander	Mergus merganser
뻐꾸기	Common Cuckoo	Cuculus canorus
뿔논병아리	Great Crested Grebe	Podiceps cristatus
삑삑도요	Green Sandpiper	Tringa ochropus
섬개개비	Styan's Grasshopper Warbler	Locustella pleskei
소쩍새	Oriental Scops Owl	Otus sunia
쇠기러기	White-Fronted Goose	Anser albifrons
쇠딱다구리	Japanese Pygmy Woodpecker	Yungipicus kizuki
쇠박새	Marsh Tit	Poecile palustris
쇠백로	Little Egret	retta garzetta
쇠부엉이	Short-eared Owl	Asio flammeus
쇠솔새	Arctic Warbler	Phylloscopus borealis
수리부엉이	Eurasian Eagle Owl	Bubo bubo
아메리카원앙	Wood Duck	Aix sponsa
알락꼬리마도요	Far Eastern Curlew	Numenius madagascariensis
양진이	Pallas's Rosefinch	Carpodacus roseus
오목눈이	Long-Tailed Tit	Aegithalos caudatus
올빼미	Tawny Owl	Strix aluco
왜가리	Grey Heron	Ardea cinerea

원앙	Mandarin Duck	Aix galericulata
장다리물떼새	Black—Winged Stilt	Himantopus himantopus
저어새	Black—Faced Spoonbill	Platalea minor
제비	Barn Swallow	Hirundo rustica
제비갈매기	Common Tern	Sterna hirundo
중백로	Intermediate Egret	Ardea intermedia
직박구리	Brown—Eared Bulbul	Hypsipetes amaurotis
참새	Eurasian Tree Sparrow	Passer montanus
청둥오리	Mallard	Anas platyrhynchos
큰고니	Whooper Swan	Cygnus cygnus
큰기러기	Bean Goose	Anser fabalis
큰뒷부리도요	Bar—Tiled Godwit	Limosa lapponica
큰부리큰기러기	Taiga Bean Goose	Anser fabalis
파랑어치	Blue Jay	Cyanocitta cristata
할미새사촌	Ashy Minivet	Pericrocotus divaricatus
해오라기	Black—Crowned Night Heron	Nycticorax nycticorax
호반새	Ruddy Kingfisher	Halcyon coromanda
혹고니	Mute Swan	Cygnus olor
황로	Cattle Egret	Bubulcus ibis
황새	Oriental Stork	Ciconia boyciana
황조롱이	Common Kestrel	Falco tinnunculus
후투티	Eurasian Hoopoe	Upupa epops
휘파람새	Manchurian Bush warbler	Horornis borealis
흑두루미	Hooded Crane	Grus monacha
흰기러기	Snow Goose	Anser caerulescens
흰눈썹황금새	Yellow—rumped Flycatcher	Ficedula zanthopygia
흰머리오목눈이	Long—Tailed Tit	Aegithalos caudatus
흰뺨검둥오리	Eastern Spot—Billed Duck	Anas zonorhyncha
흰이마기러기	Lesser White—fronted Goose	Anser erythropus

이 책에 함께한 새들

참고 자료

도서
- 《야생조류 필드 가이드》, 박종길 저, 자연과생태, 2022.
- 《야외원색도감 한국의 새》, 이우신, 구태회, 박진영 저, 타니구찌 타카시 그림, LG상록재단, 2020.
- 《화살표 새 도감》, 최순규 저, 자연과 생태, 2016.
- 《이토록 재밌는 새 이야기》, 천상징, 린다리 저, 박은주 역, 북스힐, 2022.
- 《한국의 도요물떼새》, 박진영, 박종길, 최창용 저, 자연과 생태, 2013.

논문
- 〈한국에 월동하는 독수리의 비행 행동 특성 분석〉, 강태한, 이상보, 이한수, 백운기, 유재평, 진선덕, 2019.
- 〈철새 이동경로 및 도래실태 연구〉, 김성현, 김진한, 최유성, 강승구, 손종성, 허위행, 2011.

방송 및 영상
- 〈갯벌 3부작 3편: 생태 보물섬, 유부도〉, KBS 《환경스페셜2》, 2022. 12. 17. 방영
- 〈실감 파노라마 한반도 자연유산 2부: 을숙도 고니를 부탁해〉, KBS 《다큐 인사이트 설 특집》, 2021.2.18. 방영
- 〈아름다운 동행 | 기러기 리더십〉, 학공세, 2019.04.19. 업로드

기사
- 〈새 이름 어떻게 짓나?〉, 《동아일보》, 2009.09.17.
- 〈서울 한복판서 팔리는 야생조류, '누가 사요?'〉, 뉴스펭귄, 2024.01.16.
- 〈54일 장마 끝… '찐 여름' 시작〉, 《경향신문》, 2020.08.16.

기타
- 국립생태원 멸종위기야생동물 목록 고시, 종 목록
- 국립생물자원관 국가생물종목록
- 국립생물자원관 생물다양성도서관
- 제3차 자연의벗 멸종위기종 포럼 〈독수리를 지키는 사람들〉, (사)자연의벗연구소, 2024.
- 〈Bird Notes—from Sspsucker Woods〉, Cornell Lab of Ornithology
- 〈하늘의 나그네, 철새〉, 국립생물자원관 전시, 2014.

새 봄, 새로운 봄에 새를 보다

1판 1쇄 2024년 10월 30일

글 · 사진 이연주

발 행 인 주정관
발 행 처 북스토리㈜
주   소 서울특별시 영등포구 양산로91 리드원센터 1303호
대표전화 02-332-5281
팩시밀리 02-332-5283
출판등록 1999년 8월 18일(제22-1610호)
홈페이지 www.ebookstory.co.kr
이 메 일 bookstory@naver.com

ISBN 979-11-5564-342-6 03810

※잘못된 책은 바꾸어드립니다.

※ 이 도서는 제8회 경기 히든작가 선정작입니다.